GAEA

Gaea

因與聿案簿錄 六
不明
ふめい。
護玄—著

不明 因與聿案簿錄 六

目錄

人物介紹

虞因
大學生，有自然捲，髮色大多時間是褐色的（萬年染色款）。性格愛玩有點衝動，經常和同學出入夜店與夜遊，不過遇到正事時又很沉得住氣。有陰陽眼。
少荻聿
高中生，黑直髮紫色眼睛。皮膚白皙，有外國血統。因為家裡發生滅門慘劇受到很大打擊，變得不願／不能說話，但是個性細心，在語言方面很有才華。

虞夏
虞佟的雙生兄弟，阿因的二爸。警員，脾氣非常暴躁但辦事效率極佳，指著他叫小鬼必定會被揍。目前在刑事組任職，幾乎整年都在跑現場查案。
虞佟
阿因的父親。警員，黑髮娃娃臉(有著高中生般的面孔)脾氣非常溫和，擅長烹飪，因為曾經重大車禍關係所以視力衰弱。
嚴司
撈過界的法醫，暫時到本市警局支援法醫工作。興趣是遊玩人間，不過經常加班趕工沒得玩。

人與人之間原本就充斥著各種矛盾。

悄悄出現在黑暗中的是那些原本看不清楚的影，人的另外一面。

「看戲囉——」

黑色的空地上響起了樂器的聲音。

繪著圖樣的布塊在空中翻騰著，震出一盪一盪的波動。

銅鑼聲敲著、擊著，聲音在空氣中逐漸散播開來，然後被風送到讓黑暗吞噬的地方。

發電機轟轟作響，人影映著燈光搖晃。

提起步伐的人偶在彩色的戲台上揮舞兵器，口白隨著操演而響起。

而台下無掌聲。

空蕩蕩的廣場上排滿了座椅，幢幢的黑影直視著戲台上那靈動的人偶伴著音樂道出故事。

縱使台上演得激昂，台下仍毫無回應。

這是一場夜戲。
夜晚搬演的鬼戲。

「這不是統一布丁喔，你哥我來介紹一下，這是那個死女人最近在迷啥啥團購買來的，聽說是台南某個很有名的阿爸做的布丁。」

虞因手上晃著今天剛從某死女性好友那拿到的包裝箱，一回家就興奮地看著客廳裡一如往常在看英語教學節目的人，說著：「每種口味都有，你不是在網路上看好幾次了嗎？」

自從注意到小聿喜歡果凍、布丁類的點心之後，他就特別留意這傢伙經常上網看些什麼，不久前就被他抓到小聿在瀏覽布丁的網站。

夏天到了。

連人都會跟著熱血起來。

果然注意力從電視轉到布丁上，小聿沒什麼變化的表情難得也稍微有點動搖了。

「依照慣例，想吃就開口跟我要。」虞因露出了奸險的笑容，打開布丁箱，讓客廳裡那個人看見裡面果然裝了滿滿的布丁。

默默地嘆了一口氣，小聿實在很想忽視這個人的無聊行爲。

「這家很有名喔。」不死心的虞因繼續晃著那盒布丁，不過平常會僵持很久的戲碼大概在兩分鐘後就被人一拳摜掉了。

提早回家的虞夏才剛踏進玄關就看見自家大兒子在欺負小孩，完全沒有招呼就從虞因綁著骷髏頭巾的腦袋敲下去，「告訴過你幾次，不要玩小聿！還有你這是啥鬼打扮！去把那不三不四的東西給我拿掉！」盯著虞因受傷後產生劇變的穿著打扮，虞夏怎麼看都看不順眼。

該不會這傢伙的審美觀和腦子一起被打壞了吧？

「欸，這是龐克風啊，最近滿流行的。」看著自己的衣服，虞因聳聳肩。其實他眞的算很低調了，只不過是有骨頭和一些小別針、小鍊子，或者是些怪異的圖騰，基本上衣服和他本來穿的差不多，褲子也是普通的牛仔褲，沒有到非常誇張的地步；他還曾看過有人穿得破破爛爛、舌環鼻環鐵鍊的，所以他眞的是很低調了，只是多搭配了頭巾而已。

被打破腦袋之後，因爲治療的關係所以他頭毛都沒了，在頭髮長到能見人之前，虞因決定打死都不把頭巾或帽子拿下來，畢竟上面還有條很嚇人的疤。

虞夏盯著那身衣服，冷哼了一聲，「你還是穿旁邊風比較順眼。」

「啥是旁邊風啦！」

一邊抗議，虞因一邊把布丁拿進客廳裡大家一起吃。二爸今天提早回來，也代表他不能玩小聿了……沒關係，以後多的是機會。

「不過，二爸你今天怎麼會這麼早回家？」他家二爸是出了名的只回家睡覺，沒想到今天還不到六點就出現在家裡了，眞奇妙。

懶懶地看了發問者一眼，虞夏接過布丁，一屁股沉到沙發裡說：「今天局裡有上面的人來巡察。」他出完任務就直接滾回家了。

「噗！」差點把點心噴出來，虞因馬上露出個心領神會的表情。

自從他家二爸上頭明白這個屬下有多凶殘之後，每次收到巡察的消息，絕對是拜託二爸提早回家或不要上工，雖然二爸的凶殘已經很有名了，但是是屬於大家心知肚明就好的那種名聲，眞正遇到有人巡察還是能避就避。

坐在地上看電視的小聿暗暗鬆了口氣，接過布丁之後靜靜地聽著他們父子對話。

就如同往常一樣。

在學生失蹤案件解決之後，大量媒體湧入校園，極盡可能地做出了許多連續劇般的誇張報導，還找家屬來哭說他們的小孩每天都是在哪邊生活、抓著學生問死者的品行等等，甚至編出了那些壞學生其實都有辛酸史的故事，例如因爲家境關係才開始學壞等等……

這種情況下，當然有眼尖的記者發現轉校到中學裡的小聿，然後又拿來想炒作話題。

幸好黎子泓快了一步將那些消息壓下，和學校協調之後讓小聿先暫時休學，避免大量媒體跟拍、報導。

不知道媒體從哪問出小聿被虞家領走，到現在爲止每天都有想挖第一手新聞的記者埋伏在虞家附近，或是虞夏、虞佟上班處，有次虞因甚至差點撞上突然冒出來要搶問他的記者。

這些事情對他們造成了不少困擾。

當然，知道這些事情的小聿也不太出門了，幾乎整天都在家裡玩電腦或是看電視和讀書，再有時候則和方苡薰通個簡訊；而知道事況的方苡薰最近也都沒有上門，只等著媒體們的興趣逐漸轉淡。

時間會慢慢讓他們轉移注意，直到有新的大案件發生，他們便會去緊盯新的目標。

「阿因，你們快放暑假了吧？」算算日期，虞夏想著差不多又是青少年犯罪率升高的時間，每年這種時候，交通組的同事就要開始想盡辦法和花招追上那些飆車族，前兩天他好像也看見自家同僚又在頭痛了。

而且最近的人很不得了，學會了違規還要衝撞警察，生命都不太有保障；要命的是如果還被有靠山的撞到，那眞的要自己認衰了——不認衰人家還不放過你。難怪很多同事最近都在說要罰只能罰能罰的人，不要去招惹有的沒的，否則絕對會被批得很慘。

如果今天換作自己，絕對會不管三七二十一先衝上去把對方抓出來一頓好打，虞夏邊想著邊把手上的空盒子丟回桌上。

「喔，下週開始，不過已經考完試了，所以很多人就自己先放假。」咬著湯匙，虞因見身旁的人已經沒在看電視，就逕自轉台轉到洋片頻道，「阿方他們說要去南部一個啥別墅聯誼，臨玥、阿關那幾個你也知道的，大概十幾個人吧，要租整棟私人別墅去玩，然後一路玩到東部，可能十幾天。」

盯著自家兒子，虞夏瞇起眼睛說：「奇怪了，你平常不是都會跟嗎？」如果他沒記錯，這小子最喜歡這種活動了。

舉凡唱歌、烤肉、半夜跑去哪裡遊蕩，都不會少他那一份。

因爲虞佟和虞夏相信自家小孩知道分寸，所以也從未特別擋他，幸好虞因也沒眞的幹過什麼逾矩的事。

後來虞夏才告訴他乾兒子，他已經做好覺悟，如果有天犯罪的話，他絕對會衝第一個斃掉兒子……當然是先揍到要死不死的再斃，斃完之後再把骨灰用馬桶沖到化糞池去。

虞因非常慶幸自己除了愛玩之外，沒有幹過壞事。

「暑假我也有想做的事情啊，而且去別墅會被那堆人鬧，算了。」

聳聳肩，實在是很不想在腦袋光光時到外面瘋的虞因決定自己計畫別的暑期休閒活動。他有很多影片沒看，之前二爸買回來的遊戲機還有不少遊戲沒玩，打工時間也可以延長，所以可以做的事情還不少。想想，沒有跟到外宿旅行其實也不算太慘。

「反正都放假了，你看要不要帶小聿去找個地方玩，最近我們手上也有些遊樂園和住宿招待券，有時間就去走走吧。」站起身，虞夏走到落地窗前一把將窗簾給拉上，直接杜絕外面的望遠鏡頭。

他遲早有天會出去揍那些侵犯隱私的傢伙。

「喔喔，好。」

夏天開始了。

1

那個時候

南部的小路周圍是一片碧草翻浪。

今年的雨季似乎特別短，曝曬在太陽下的植物罕見地沒有遭受到年年上演的梅雨之災，茂盛地成長著，隨著咬人的熱風翻著身體。

接駁車緩緩行駛在幾乎也要冒著熱氣的柏油路上。熱度扭曲了空間，在路面上拉出奇異的視覺效果。

「好熱喔——什麼時候才會到啊？」咬著剛剛從便利商店買來的冰棒，全身上下只剩下小可愛和熱褲的女孩整個人快靠上了車上的冷氣口，但是冷風還是未及撫平炎熱的程度。

「快到了、快到了。」接駁車駕駛心平氣和地微笑說著，老早就習慣炎熱天氣的人同樣也習慣遊客的抱怨聲，然後維持著同樣的笑容繼續讓車往前推進著。

「阿方，這次阿因眞的不來喔？」踢踢前座，坐在小巴接駁車後段的李臨玥這樣問著，旁邊的女孩依舊咬著冰棒喊熱，一路吵嚷的阿關根本已經躺平。

「他說你們一定會拆他的頭巾、玩他的平頭，所以打死都不來。」看著外面的大好天氣，阿方拿下耳機，將MP3的音樂按停。

坐在旁邊的一太靜靜地翻著書本，完全不被整車的吵鬧影響，甚至好像連陣陣的熱浪都沒法讓他波動一分。

「嘖嘖，眞可惜。」本來想好好惡整友人的李臨玥發出惋惜，「不過最近眞的發生好多事情耶。」

距離大學對高中鬥毆事件也過了好一陣子了。

因爲那時搞出人命，雖然在警方的協調下兩邊校方把整件事情壓下來，沒讓外界擴大渲染，但是私底下還是一直在追查參與分子。

其中最主要的目標當然就是眾所皆知的擺平者一太。

不過也不知道一太用了什麼方法，到目前爲止大家都沒事，也沒有被學校找麻煩。

大駱那一票人幾乎都被退學了，在毒品進入校園事件爆發後，許多買毒的學生也被揪出來，連同那件群毆致死的事件也爆開來。除了警方之外，現在連媒體都深入調查中。

有些人在看過報導之後對保健室阿姨深感同情，直說那些學生死有餘辜、家長養那些小孩根本白養了之類的；有些人則是大罵保健室阿姨自己死小孩就算了還要拖那麼多人一起痛苦等等的，種種輿論在大眾間不斷流傳著。

盯著旁邊正在讀書的友人，阿方的思緒在接駁小巴停止的那瞬間也跟著中斷了。透過玻璃窗，他看見外面有棟座落在人工草坪與田野中的獨立別墅。

那是棟設計高雅的日式風格房舍，在人工草皮與田野間立了外牆，牆內有流水、露天座位等各式休閒的硬體設備。

終於到了目的地，整台車爆出歡呼。在小巴停下、打開門的那瞬間，幾乎人人皆連行李都沒拿就先衝下車去，踩上了人工草皮。

這是夏季的開始。

最先是李臨玥發起的，計畫一路從南部玩到東部，到後來不知不覺已經募集到二十人參與，足以用比較便宜的價錢包下整棟房子，以獨棟別墅三天兩夜作爲第一站。

「眞是不錯的房子。」放下書本，一太在所有人都下車之後才慢條斯理地提起自己的行李走出車門，然後和友人並肩站在草皮上。

雖然先前已在網路上看過了，不過實際到了現場又是另一種感覺。

「聽說屋主住在大約十分鐘路程的另外一處經營民宿，那裡租得到腳踏車，騎入市區後還有觀光夜市可逛。」阿方翻著手上的導覽手冊，「這邊稍微靠山，從我們這邊去山上大約要二十分鐘左右，不過聽說山上不很乾淨，也沒啥可以欣賞的東西就是了。」

他們所租的別墅其實比較靠近郊區，一排樹林和田野將此處和其他的地方隔絕起來，較清靜也較少人，附近也有些類似的別墅或民宿，鄰近山丘和樹林、果園，充滿綠意和自然景色，對喜愛戶外休閒的遊客相當方便。這棟房舍的屋主本身也在經營民宿，算是地方上相當有錢的業者之一。

這幾年來越來越重視休閒的都市人已經開始習慣這樣的渡假方式，不再只是選擇住旅館，開始出現各種不同的住宿選擇，估計再過不久可能連露營車都會開始有人經營了吧？

「晚上還是乖乖睡覺好。」給朋友最自然不過的微笑，一太走入人群中，然後從帶頭者手上接過了房間的鑰匙，隨著鬧哄哄的團體一起踏進了別墅。

別墅的面積相當大，四層樓，總共有六間雙人房、一間四人房和兩間五人房；一樓有一間雙人房、餐廳、吧台和大客廳，二、三樓各兩間雙人房與一間五人房，四樓則是一間雙人房與一間四人房，另外獨立了一小間置物倉庫，而每層樓都又分隔出一個小交誼廳。因為是走日式風格，所以公共浴室中還有大澡盆可用，而房間裡也各設有獨立浴室。

較為特別的是房間採拉門設計，內外都有暗鎖可以分別上鎖，每層樓在樓梯間進入走廊的地方還另外有可以上鎖的花框隔門，預防有人侵入。

踏入大廳之後，屋主已經在桌上貼心地準備好點心和飲料，連冰箱中也放了飲用水，日常用品也都備妥於房間內。

提著行李進入的大學生們第一件事就是將大廳裡的冷氣打開，舒舒服服地往客廳的椅子或坐或躺，幾個人興奮地抓著鑰匙衝上樓看房間，然後又爆出驚喜的歡呼。

「這家別墅也真便宜，整棟三天兩夜包下來每個人才三千五，還提供一次烤肉晚餐和早餐，真是太划算了。」提著行李，阿方邊打量著房子，邊講著：「不過沒想到你會跟來耶，我以為你對出遠門最沒興趣。」

往後看了一眼，一太聳聳肩，「偶爾出來走走也好，而且……」

因為前面的人講話音量太小，阿方疑惑地拉了下對方的背包，「你說啥？」

「沒事。」踏上最後一階，甩甩手上的鑰匙，一太回過頭，「有事情再叫我。」說著，他逕自走入了四樓的房間裡。

來的路上他已經跟所有人協調過自己要一間雙人房了，因為別墅可以容納的人數多過於他們的團體人數，所以大家當然無意見通過。

畢竟每個人或多或少都曾接受過一太幫忙，加上有不少人都想要住同一間房，自然會有多的空房。

「對了，記得告訴大家一樓那間雙人房不要用。」像是想起什麼事情，一太轉頭提醒自己的好友，「屋主向我說過那間好像有老鼠洞，如果半夜被啥東西咬，概不負責。」

「好。」

關上房門之後，阿方轉向對面和幾個男生合住的四人房門，打開門，裡面已經橫躺了幾個人，他也不客氣地直接踩過去，接著那些球隊的朋友就跳起來一把揪住他開始玩鬧。

夏季開始。

□

「臨玥，爲什麼這把鑰匙要收起來呢？」

看著李臨玥將房門鑰匙放進貼身小背包中保管，同房的幾名女生嘻嘻哈哈地提出問題。

「反正二、三、四樓夠我們用了，一太說一樓的那間雙人房沒掃乾淨，況且一樓只有那間房，一、兩個人住有點恐怖，所以就不開了。」李臨玥邊將枕頭丟回給正在玩鬧的女伴們，邊解釋著。

「欸——這樣喔。」

「嗯啊。」

五人房如同其他通鋪房間一樣，四面牆全是木格的紙壁，不過只有一面是可以打開的拉門，其他三面都是假的，木格後是眞正的牆壁，隔音也做得挺好，聽不見別房的聲音。

「這裡眞的好棒喔。」兩、三名女生拿了相機，互相搭著肩膀開始玩起了自拍。

「對啊，我也是在旅展看到的，沒想到可以拿到這麼優惠的價格，眞是太棒了，看來接下來的東部旅行一定會發生好事。」隨手拉上了背包拉鍊，李臨玥很快湊過去與幾個朋友一起先拍下房間的各個角度。

「對了，這次啊……你們有沒有目標？」

不知道是誰這樣先開頭的，二十名學生當中有八名女生和十二名男生，除了有兩對情侶外，當然不少人也對這次旅行抱持著幻想。

雖然不同班，但多少都玩在一起、或者有共同的朋友，因此在結伴旅行的時候不免會有這個年紀該有的憧憬。

她們也不例外。

「今天晚上要去逛市區嗎？」

「男生好像說要去繞山的樣子，附近不是有山丘嗎？反正都來了，所以要大家一起過去繞繞……」

「哈哈，超無聊的……」

吵吵鬧鬧玩過一輪後，幾個人將行李定位後就走下樓。

同樣也安頓好的其他人四散在別墅的不同地方，事先準備的點心也已經風捲殘雲，只剩下些許的分量。

交往中的兩對情侶帶開了，各自盤據一處卿卿我我，偶爾會被幾個人大鬧好熱之類的。

約下午一點，用過現場提供的午餐後，一整團人便浩浩蕩蕩地往民宿出發租借腳踏車。大學總是比其他各級學校早放假，而他們又自己先蹺課幾天在非假日抵達這裡，所以錯開了旺季，遊客並不多。走在鄉間小路上，偶爾會與當地人擦身而過，所以當然也不客氣地向當地人詢問遊玩資訊。

南部人一向熱情，所以當李臨玥等人走過了小樹林到達不遠處的民宿時，其實手上的本子都已經快寫滿可以去玩的大小夜市和一些旅遊手冊上沒列的景點了。

「一太沒有要一起去玩嗎？」

在其他人辦理手續時，李臨玥和帶領那群男生的阿方就坐在旁邊有一搭沒一搭地閒聊著，「眞可惡，還以爲這次難得約到人了……」

「原來一開始妳想要打獵的對象是一太啊？」晃著飲料罐，阿方睨了身邊的校花一眼。李臨玥有名的不只是那張臉，而是近乎男女通吃的交友手段；雖然換男友的速度相當快，但是負面的評價卻很少，大多在分手後依然可以保持著一般朋友的往來。

這點，在校園中是誰都知道的事情。

「對啊，挑戰性很高喔？」拿走對方的飲料罐，也不怎樣介意的女孩就這樣將裡面所剩不多的運動飲料灌了下去。

「就某方面來說，搞不好妳去釣正在修行的人還比較快。」他是眞的這樣覺得。

「是喔？眞可惜，本來想說如果可以的話要暑假得手的說。」支著下顎，她將空的飲料罐遞還給身旁的人，「那我將獵物改成你如何？熱血的籃球老大？」

「免了，我絕對會動搖的，拜託請找別人。」站起身，阿方將罐子放進旁邊的回收箱。

「大家都知道在一太入校之前，你是本校的擺平者喔，不釣你我釣誰啊。」每個學校總是會有幾個這樣的人，人望好，不偏黑的那邊也不偏白的那邊，能當雙方的溝通者，幫兩邊擺平事情，雖然大家嘴上不說，但都心知肚明。

說是處理者也好、擺平者也好，總是有著較受尊重的地位。

如同社會的縮影一樣，這類的人同樣也遊走在校園中。

「少來這一套，妳到處都吃得開，不必抬舉別人，謝謝。」中止了釣與不釣的話題，其實也覺得這次朋友來得有點反常的阿方站起身打量這間民宿。和他們包下的休閒別墅不同，這間民宿就眞的只主打住宿，房子是較爲普遍的設計，聽說可以住上五、六十人。

由此可見這民宿主人眞的有雄厚的資金，因爲兩邊的房子與佔地看起來都不太便宜。

民宿的主人是一對中年夫妻，看上去大約四十多歲，兩人體型都有些削瘦，也不太與客人熱絡交談，只是客氣地對應著；雖然如此，在服務上卻不打折扣，一邊幫學生們辦理租車手續，邊支使著服務生替其他客人安排事宜，兩邊都照顧得妥妥當當。

看著大廳的盡頭，那裡掛著一幅及地的巨大畫作。

偏著頭，李臨玥端詳著那幅油畫風景圖，是很平常的那種複製畫，也沒什麼獨特之處。畫旁就是向上的樓梯，梯邊有花瓶擺飾，看起來也不特別。

「小玥，我們好了喔，走吧。」在她不知道愣了多久、也或許並沒有過很久，一個平常一起玩的姊妹淘走過來一把拍上了她的肩膀，「妳在看什麼？」

「嗯……沒有。」站起身，李臨玥很乾脆地甩過包包就和好友一起笑鬧著走出民宿，「怡琳，妳這次出來有沒有特別中意誰啊？」

竊笑了兩聲，被叫作怡琳的長髮女孩用手肘推了一下好友，「妳不是想要釣一太嗎？」

「少來，根本釣不到。」

「哈哈……我就說嘛……」

□

夏季到了。

與都市不同，小小的粉蝶撲騰在路邊的野花上啜著將盡的花蜜。

他聽見其他人在外面嬉鬧的聲音。

「你不下去玩嗎？」平常帶頭玩鬧的友人站在門口，「我們等等要騎腳踏車去附近逛一圈喔。」

「沒關係，我照顧行李，你們自己小心，不要又跟這邊的飆仔還是混混看不對眼打起來，這裡要調人手有點麻煩。」

「……你該不會是水土不服所以不舒服吧？」

「並沒有。」

關上門，阿方哼著歌走下一樓，「一太說他不去，我們準備一下就出門吧。」

「欸？他不去關在上面幹嘛啊？」某個男孩這樣叫了。

「該不會是自己暗槓好料的吧？」

「沒有啦，我們自己出去吧。」直接從階梯跳到一樓，阿方吆喝著，「快點快點，還躺著的我要踹下去了，十分鐘後外面集合！沒到的就放鴿子了……阿關你還在混啥啊！」

蹲在客廳旁邊的雙人房門前，正打算把門撬開的阿關尷尬地嘿嘿笑了兩聲：「沒啊，我看看這間是不是眞的有老鼠咩。」

他這樣一說之後，幾個學生也湊過來了，「對喔，這間還沒打開來看過，只說不能住，應該沒說不能看吧，搞不好這間是ＶＩＰ房咧，鑰匙在誰那邊啊？快點拿來開看看。」

整群人瞎起鬨之際，李臨玥從包包裡拿出了鑰匙，不知是誰接過去，打開了拉門暗鎖。

發出了些微不自然的拖曳聲後，拉門吱嘎地被給推開了。

幽暗的小空間中傳來了幾聲小小的詭異聲響，像是有什麼東西在房間地板下一樣，某種封閉已久的氣味隨著打開的門撲鼻而來。

打開了房間小燈，昏黃的色澤很快驅走了黑暗，照亮了一室不算大的空間。與其他房間幾乎沒啥兩樣，房間四面有著木格假壁，小衣櫃中也放著收納整齊的枕頭與棉被，榻榻米上還有著雙人矮床、整套的盥洗用具和床頭櫃、小電視等等，和其他房間完全無異。

「欸？這間沒廁所。」左右看了一下，李臨玥發現了這個不同之處。

「大概是因爲一樓有公共澡堂和廁所，所以就沒有另外再建了吧。」幾個人紛紛七嘴八舌地討論了起來，「說起來還眞的有老鼠耶，地板下有聲音。」

細小的嘰嘰聲沒有中斷過，只有在人們大聲講話的時候聲音才稍有停止，但是很快又傳來了。基於惡作劇般的好奇心，有人刻意在床邊、聲源附近用力跺了跺腳，那個東西果然跑掉了。「下面大概有水管吧，老鼠跑得超快。」

「好了，別鬧了，快給我滾出去啦。」推著那些吵鬧的朋友們往外面走開後，阿方才踏進房間關掉了電燈。

一轉過頭，他看見留下來要鎖門的李臨玥愣愣地看著他。

「怎麼了？」走出房間奇異的黑暗之後，阿方疑惑地發問。

「應該沒人在裡面了吧？」探頭看了看那片黑暗，李臨玥拉上了門，將暗鎖給鎖上，「你關燈的時候我覺得好像有人坐在床邊。」

「大概是妳看錯吧，這間房超暗，不知道是怎樣設計的，連個透氣的氣窗都沒有。」站在旁邊，阿方看著拉門之後那片幾乎與外面成對比的黑色。

確認門鎖好之後，李臨玥左右轉了鑰匙幾下，皺起眉，「這鎖是怎樣，卡住了……哇靠！」驚叫了一聲之後，她抽出只剩下一半的鑰匙，「糗了，這下子一定會被老闆罵死。」

看著折斷的鑰匙，阿方咳了一聲，「我看明天早上再和打掃的人說好了，了不起就是賠鑰匙錢，反正這種民宿都會有備份鑰匙，晚點回來我們再把卡在裡面的那一半弄出來。」

「說的也是。」將斷裂的鑰匙放入口袋，很快就沒放在心上的李臨玥和人有說有笑地走出玄關了。

大批的年輕人在屋外草地上吵吵鬧鬧，連屋內都可以聽見那些聲音。

約在五分鐘後，那些聲音隨著腳踏車的聲響逐漸遠去，不時還可以聽到男女嬉鬧聲，慢慢地消失在田野的另外一端。

風從外面吹來，懸掛在陽台邊的風鈴發出清脆之聲。

踏著冰冷的地面，被留在房子裡的人從樓上走下來，然後將客廳中丟得亂七八糟的東西妥善歸位。

「唉，連點水都不剩啊。」搖搖水壺，裡面只有空洞的聲音。在四周轉了一圈之後，他自行在廚房開火煮水，用屋主準備好的茶包爲自己沖了壺茶，然後走出房子坐在庭院的造景座位上，悠悠閒閒地翻閱起屋裡提供的雜誌。

實際上，偶爾這樣出來走走也好。

風吹入了屋中。

嘰嘰的聲響始終沒有再停止過，不斷從黑暗的房間裡傳來。

拉門下傳來不自然的金屬聲響，在無人看見的時候震動了幾下，然後，原本被塞住的鑰匙孔從門的另外一端被清通了。

某個聲音蓋過了嘰嘰的聲響，從黑暗那端透過鑰匙孔向外張望，低沉的換氣聲貪婪地汲取了客廳外的風，像被扼住頸子的人突然被鬆開那般渴求空氣，接著在滿足之後，緩、緩、離、去。

風鈴聲再度傳出了清脆的聲響，裂痕突然從光照不到的那端爬上光滑的圓面。

夏天到了。

其實，這只是夏季的開始。

2

「您撥的號碼目前沒有回應，將爲您轉接語音信箱……」

「臨玥，妳打給誰啊？」

並騎著單車，稍微落後車隊一點的怡琳詢問旁邊那個單手騎車的手帕交，「危險喔，最近很多單車意外。」

「安啦，我技術還算不錯。」將手機放回口袋裡，李臨玥嘖了一聲：「那個吃飽閒閒的虞因居然沒給我接電話。」虧她還好心要打給對方炫耀一下這邊不錯玩。

在繞過市區觀光夜市之後，幾個人在即將天黑之際，迎著黃昏的天色一路往別墅的相反方向騎去。

田野上的草枝隨風搖晃著，翻騰出層層虛幻的色彩。

幾個人逗留在附近欣賞景色片刻之後，便往山丘一帶移動。在層層的樹與草之後，他們進入了一大片空地。

單車還未停妥，已經有人先注意到不對勁了。

「喂，這裡是拜陰的耶。」看著盡頭的百姓公廟，幾個月前才剛從醫院脫離險境的阿關第一個這樣說。

「廢話，資料上有寫啊。」不曉得是誰這樣先回他的。

那不知道已經有多少歲月的老舊鐵皮屋，漆著已經發鏽的暗紅色油漆，不過遠遠就能看出來油漆似乎曾補漆，在拙劣的痕跡下有著年代更久遠的斑剝。

老舊的廟壇上陳列著只點燃一根香的銅爐以及一、兩顆的蘋果、橘子，虛弱的白色細煙扭曲著消散在空氣中。

供奉著古老木牌的小廟只給人黑色以及極端沉靜的感覺。

「這裡大概有管理人吧？」左右張望了一下，阿方注意到鐵皮屋被打掃得滿整齊的。

「沒看到有其他人耶。」

「啊，那個是戲台嗎？」指著鐵皮屋對面的石搭台子，怡琳這樣說著，「我們那邊的土地公廟也有看過類似的唷，不過這個戲台怎麼是黑色的啊？」

一句話引起其他幾個人的好奇，仗著人多，很快地幾個男生就開始起鬨了，「過去看看不就知道了，反正還沒天黑，不敢去的就是俗辣。」

「別鬧了啦，這個不能開玩笑耶！」幾名女生望著陰森森的鐵皮屋，心裡開始發毛。

「一太也說過不要在這邊鬧事，趕快回去了，等等不是還要烤肉嗎，萬一鬧人久東西臭掉了，大家今晚就不用吃東西了。」催促著打鬧的幾個人，阿方同樣站在不贊同的一方，順便警告性地瞪了正在帶頭起鬨的人一眼。

「欸……反正虞因又沒來……應該不會遇到啥啦……」被瞪的人聲音越來越小，最後只好聳聳肩，表示出他配合大家的意思，不過臉上很露骨地掛著「眞沒意思」的表情。

「裡面有人耶。」看著戲台，怡琳突然迸出這句話，「好像在招手要幫忙，我過去看一下。」語畢，她便踩動了單車往戲台的方向前進。

「喂！」

一看到女孩子獨自前往，幾個人也連忙追了上去，很快地，所有單車幾乎就將狹小的戲台包圍起來。

黑色的戲台其實並不大，就如同一般小廟前面的土台規格，上方是野台，而下方則是個能夠讓人進去準備的空間。

後面則是大片過肩的雜草，隨著風搖盪著的樣子像是一碰就會刮傷人。

「阿伯？」

跳下單車，怡琳隨手扯了個男生往黑暗的下方空間走去。

才走不到兩步，佝僂著背的身影就從裡面走出來，手上還拖著半袋垃圾。

那是個看起來沒什麼特別的矮老頭，穿著髒污的背心和捲到膝蓋的鬆緊褲，赤腳上還沾著一些泥巴，皺巴巴的臉，連頭髮都快掉光了，明顯可以看到頭皮和老人斑。

「唉呦，你們這些少年欸怎麼連這種地方都來，都市小孩子不知道墓仔埔不可以隨便來玩的嗎？」帶著幾聲乾咳的台語腔，矮老頭另隻手還邊挾著幾個紙箱子。

「阿伯，不是你招手叫我們進來的嗎？」怡琳愣了一下，好意想要幫老伯拿點東西，卻被不客氣地拒絕了。

「誰在叫你們啊，日頭落山還到處亂跑，快快回家去！」揮著手，老人語氣不善，然後在眾人目光下緩慢地拖著腳步往戲台後方走去。

錯愕地看著老人走到後面，十幾個人面面相覷，也不敢跟過去。過了大約幾十秒之後，才有人訥訥地抱怨了幾句。

「欸，這裡面有東西耶。」

站在入口邊的阿關眼尖地看見了黑暗中堆了一些物品，幾個人好奇地跟著踏足走了進去，「還不少，誰有帶手電筒？」

一個打火機被拋過去，接住之後，阿關在黑暗中點燃一小撮光亮，接著後面幾個女生驚叫了起來，幾個本來好奇靠在邊上看的人不自覺地向後退開了幾步，就連膽子不算小的阿關都愣了有幾秒才回過神。

在光亮和黑暗交映之下，是幾顆破碎的木頭——木製的頭。陰影在幾乎已經模糊成一片的臉上又橫切下幾刀，讓原本已經損毀得很嚴重的面孔看起來更加猙獰。

「這不是布袋戲戲偶嗎？」撿起了地上的偶頭，上面還連著半片破碎布料，因爲時間久遠，布料早就黑得看不出原本是什麼顏色。阿關半開玩笑地往手上一套，「我靠，有夠髒的。」不過，一摸到裡面有不明髒污，他立刻將手拔出來，把廢棄的人偶丟回地上。

「還眞不少。」藉著火光，阿方看見了堆著的那些大多都是類似的戲偶，有些則是戲台上的工具和木板，同樣覆蓋了一層黑色的髒污，有些勉強能辨認出花紋，有些根本已經不知道是什麼東西了，「數量也太多了吧，該不會是以前有工作室不幹了，把東西都丟在這裡吧？」看著似乎已經廢棄的土戲台，他這樣說著。

「大概是以前的布袋戲班吧？」盯著讓人有點發毛的戲偶堆，李臨玥回過頭後才發現一起來的女孩子都退得遠遠的，自己之外踏進來的都是男同學。

除了那些廢棄物，主要應該是裡面超髒又有蚊蟲，所以女生們才敬謝不敏吧。

看著已經沾上大量污垢的鞋子，她考慮回別墅後要把鞋子丟掉換新的一雙了。

「你們看這邊還有牌子耶。」不知道是誰從一整片髒污裡翻出一塊牌匾，上面的字都沒了，隱約只看見○○社之類的字眼，「好像還有凹掉的水壺啥的，該不會有遊民住在這裡吧？」

玩笑話剛說完，幾乎全部的人都想到了剛剛那個老頭。

有人說出了「難怪叫我們快點回家，原來是踏到他家」之類的話，幾個聽到的人便笑了出來。一開始只是笑而已，後來擴散成鬨堂大笑，剛剛不自然的詭異感被沖散了，又有人玩起了那堆戲偶。

「不過以前的布袋戲偶真的好小，之前我朋友去參觀過霹靂的布袋戲場，他們的戲偶都超大的，操偶師的臂力一定很好。」

「對對，我認識的人家裡也買了一尊。」

像是傳染一樣，大家開始談天說笑了起來，阿闢和幾個人將貼在地上的板子抬起來，發現那是半塊布景，「好像都是這樣表演吧，在這個前面啊……」

套上髒污的布偶，男孩子笑鬧地在布景前向女孩們示範性地轉了幾圈連臉都看不清楚的戲偶。

「人家才沒有表演得那麼爛。」遠處的女孩們嘻笑了起來，爲了看個清楚也走進裡面，整個不算大的準備空間裡瞬間變得相當擁擠悶熱。

他們的笑鬧在黑暗的空間裡傳來嗚嗚聲後瞬間停止。

所有人立即停下動作，那一瞬間連空氣都凝結了。

像是呻吟般的聲音順著風微弱地傳來，不知道是什麼生物的聲音過耳即逝，連要分辨出是什麼都來不及。

「剛剛是誰在開玩笑？」壓低著嗓門，怡琳吞了吞口水，頸部僵硬地轉過頭，看見所有人都在搖頭。

「風、風聲吧。」丟下了手上的戲偶，男生們也覺得手臂上開始浮立了雞皮疙瘩。

「別玩了，都天黑了，快點回去！」

阿方的喝聲幾乎經過一致同意，大群人爭先恐後地搶著跑出土戲台。

日落後整片天空都是黑色的，除了小廟裡搖晃的昏黃燈光，相隔遙遠的距離才有一根路燈，讓人連路都看不清。

「剛剛那個阿伯不見了！」土台前後完全沒看到那個老人，幾個人顯得有點慌張，但都不敢說出口。

「別管他了！人都到了嗎？」

「到了，應該都到了。」

點算了人頭，二十個人一個不少。

騎上單車，不知道是誰領在前頭，用盡全力踩著踏板，後面的人沒命地急急跟上，在嗚嗚聲再度傳來之後拚了命地將小廟與戲台拋在身後黑暗當中。

遙遠的黑夜裡，似有若無地傳來銅鑼聲。

□

不知道是因爲加快了速度，抑或是沒興致再一路打鬧，回別墅所用的時間只有去時的一半，快得讓人驚訝，不過當時都沒有人注意到這點，只在停車之後互相對看了十多秒，然後就像是歷劫歸來一樣笑了。

彷彿急於把剛剛那詭譎的事情忘卻，有人跳下了單車走進草坪，「奇怪了，不是說會把烤肉的東西送過來嗎，怎麼沒看到東西啊？」

屋子內外都沒看到東西。

「大概是覺得我們會逛夜市逛得比較晚吧。」看了一下手錶，阿關這樣講著。

「我記得屋子裡還有點心和飲料，先進去等吧。」不管是精神上還是其他方面都累了，總之二十個人拖著腳步，將單車隨手停放後陸陸續續走進房子裡，接著有人打開了電燈。

和門前不太一樣，屋裡被收拾得乾乾淨淨……太過乾淨了，連家具都沒有，彷彿剛鋪好的瓷磚上還沾了一點灰塵，空氣中瀰漫著油漆的味道。

「搞什麼鬼？」

幾個人錯愕地面面相覷，完全不曉得發生了什麼事。

「先去看看自己的東西還在不在！」腦袋裡浮出「完蛋了，可能遇到詐騙黑店」這樣的念頭，李臨玥連忙催促所有人。

此話一出，所有人像是大夢初醒，連忙爭先恐後地衝上樓梯搶進自己的房間。

「幹！行李不見了！」

不用說是行李，房間裡就和外面一樣什麼都沒有，空蕩蕩的像是一場愚人笑話一樣等待著他們，「東西都不見了，一定是趁我們不在的時候拿備份鑰匙偷走了！」

「一太！」還沒踏進房間就聽到同房人的罵聲，阿方直接衝去拍打應該要有人的房間，不過拍門都變成搥門了，木頭拉門都已經發出巨大的聲響，裡面卻連一點聲音都沒有，他甚至隱約聽見裡面的回音，但就是沒聽到朋友的回應聲。

一太的房間沒有點燈。

左右張望了下，阿方直接走進隔壁的置物倉庫——其實裡面什麼也沒有，同樣是間空房，不過在盡頭有扇透氣窗。

每個房間都有窗戶，他如果沒記錯，從這裡或許可以爬到隔壁房間。

「阿方，小心一點。」注意到他的行動，幾名平常一起打球的朋友馬上湊過來，想起唯一留守者的安危，不知道是誰遞來了手電筒。

「還好，外面有牆。」不曉得是因爲怕有人失足墜落還是什麼制式化的設計，雖然外觀看不出來，不過房子邊其實有條分離的小溝，剛好夠一人站上去。

站出去之後，阿方本能地看看外面。別墅距離市區和其他房舍聚集處雖有點遠，但現在卻幾乎看不見任何燈光，四周的黑暗像深沉的墨水一樣裹住了這裡。

他突然有種非常不安的感覺。

本能和直豎的寒毛似乎都在叫他立刻離開這個地方。

太安靜了，連風的聲音都聽不見。

吞了吞口水，甩甩頭要自己不要多想，阿方連忙咬著手電筒，移動身體到隔壁房間的窗前用力地拍打了幾下。

房裡依然沒有任何聲音。

騰出了手，阿方挪了挪窗戶，意外發現窗戶並沒有上鎖。不，正確地說是沒有打開反而顯得奇怪，因爲他沒有聽到冷氣運作的聲音，這種天氣沒開冷氣還關著窗戶本來就不合常理，雖然一太不像普通人，但絕對不會做這種虐待自己的事。

用力咬著手電筒的底端，阿方輕輕地將窗戶推開了一小條縫隙——

那一秒，出現在窗戶之後的是一雙眼睛。

沒預料到有人就在窗戶後面的阿方差點往後摔下去，等他穩住身體再回過神時，窗前已經沒有東西了。

但是在手電筒燈光掃入房間時，他看見空蕩蕩的房中有雙發青泛光的眼睛從黑暗中直視著他。

那無論如何都不會是他朋友的眼睛。

咬著手電筒，阿方只覺得自己冷汗直冒，但是怎樣都沒辦法喊出聲音。

他所能做的就是用力關上窗戶，像是看了不該看的東西一樣倉皇退回剛剛的倉庫房間裡，房裡還有兩個人在等他。

「一太不在嗎？」朋友焦急地詢問。

阿方吐掉了手電筒，任由那點光源在地上重重地摔了兩、三下，他的手還在顫抖，「快點、快點叫其他人離開這個房子！這裡有東西！」

大概是被他蒼白的臉色嚇到，其他兩人也發覺事態的嚴重性，其中一人拉著阿方就奪門而出。

一衝出房間，他們差點迎面撞上了同樣匆匆上樓的李臨玥。

「行李和錢全都不見了，這房子有問題。」臉色也不怎樣好看，李臨玥還拉著怡琳，這樣說著：「我們先去報警再說，今天看到附近有派出所！」

「叫其他人快點下去。」推著朋友，阿方轉頭回望剛剛那個倉庫房間，但是又突然愣然了。

倉庫房間裡空無一人。

沒有任何東西、也沒有人。

剛剛還在那裡的同學不見了。

□

「阿方？」

抓住對方的肩膀，李臨玥看出了他的神色異常。

察覺到那隻手傳來的顫抖，阿方硬是逼自己回過神，「快點下去。」推著兩個女孩，他掏出手機按了一太的手機號碼。

手機無法接通，連一點訊號都沒有。

像是發洩般將沒用的手機重重摔在地上，阿方隨著同學的腳步，逃難似地跌跌撞撞衝下樓梯。

屋子裡太過安靜了。

他們在二樓的樓梯口碰到阿關。

「有些人不見了！」阿關這樣說，一臉鐵青，「裡面沒有、外面也沒有！」

「咦？」愣了一下，李臨玥這才發現剛剛一直跟在旁邊跑的怡琳也不見了。不知道從什麼時候開始，只剩下她和阿方兩個人在跑。

這棟房子有問題！

其實已經很明顯了，三個人互相看了一眼，心中全都是這個答案。

「快點找找其他人。」脫下了薄外套撕成布條，阿方把三個人的手綁在一起，然後一起行動。

別墅的走道變得很安靜。

房間裡的小夜燈晃著昏黃的光，詭異的橙黃色從紙門裡透出，就是沒有映出人影。

早先時的嬉鬧聲都不見了。

他們只聽得見自己的腳步聲，還有不知道從哪邊傳來、像是推著拉門的吱嘎聲音。

似乎有人跟在他們後面走動著，但是猛回頭卻又什麼也看不見。

確定二樓空無一人之後，李臨玥抓住了身旁人的袖子，「其他人……」

「不知道。」

也不想猜。阿方嘗試打開了其中一間房，裡面只有小夜燈亮著，如他所想的完全沒看到任何人。

「這間、這間是……」阿關開始打顫了，「我們的房間。」

另外兩人全都轉過頭來看著他。

困難地嚥了口水，阿關倒退了兩步，說：「剛剛出來的時候是日光燈，誰把燈換了？」

「欸？」

聽他這樣一說，另外兩個人匆匆拖著人跑上了三、四樓，與下來前不同，燈光全都變成了小夜燈的暗色，剛剛來不及關掉日光燈的阿方等人的房間也不例外。開著門、沒有開著門的房間全都透出同樣的色彩，就連剛剛沒有點燈的一太的房間也透出了一致的燈光。

像是在他們面前上演皮影戲一樣，狀似人形的影子緩緩地從四人房裡浮現，從最淡的灰色逐漸變成最濃的黑色，然後移動了腳步，最後清晰地映在拉門上。

被動地只能看著影子將手放在拉門上，「喀喀」的兩聲之後，拉門緩緩被打開一小條縫隙，不知道是誰的眼睛出現在門後窺視著他們。

如同連鎖反應，雙人房的拉門也被拉開了一點，然後是倉庫。

根本不想知道裡面有什麼東西，在對上那目光的那一秒，阿方和李臨玥像腦袋被人狠狠重擊般瞬間回過神，這才發現全身都已經冷汗淋漓。

接著，阿方發現剛剛被自己丟在地上的手機已經不見了，無影無蹤。

幾乎是同一秒，兩人回過頭跑了幾步，遲了數秒之後他們才注意到——

「這裡只剩下他們兩個」的這件事情。

本能地，阿方直接抓著全身幾乎已經僵硬的女性友人往樓下跑，原本還點亮著的昏黃燈光像在追逐他們似的，突然一盞盞開始熄滅。

從那一扇一扇的拉門中傳來了輕輕的竊笑聲，以及聽不出內容的交談聲。

他們跑得很快，幾乎是半撞著牆面衝到一樓，然後腳下一個踉蹌摔在地板上。

撐起身體時只看見回來時打開的窗戶、陽台門片全部被緊緊鎖起，剩下大門還是敞開著的，而外面則漆黑一片，連微弱的光都沒有。

樓梯上完全陷入黑暗，而客廳裡依舊搖曳著昏黃的顏色。

「喀嘰」的聲音從一樓雙人房裡傳來，門的另一面出現了人影，清晰得像是剪紙貼在上頭一樣。

硬是拉起抱頭尖叫的李臨玥，阿方直接拖著她往大門外推，「不管誰先出去，馬上去報警！」

「可是我……」

轉過頭，李臨玥面對著空蕩蕩的玄關。

只剩下她一個人。

□

咚咚咚的聲音從屋內傳來。

一樓雙人房中有人從彼端敲著脆弱的木門，聲音幽遠得像從另外一個世界傳來一樣，然後是無數的腳步聲在天花板上騷動著。

抓緊了自己胸口的衣服布料，連那雙沾滿泥土的鞋子都來不及穿，李臨玥倒退了幾步，然後轉頭沒命地向外奔跑起來。

某個視線從她身後射來。

幾乎是下意識地回過頭，她看見別墅的房間窗口全亮滿了昏暗的燈光，密密麻麻地站滿了十八個人。

異常清晰的面孔陌生又熟悉，半小時之前他們還是和自己一起打鬧玩樂的同學。

半小時後他們站在紙糊的木窗口前，青白色的臉上毫無表情，雙眼空洞無神地面向她這邊。

如果這是惡作劇，也太過分了。

「怡琳！」對站在窗口前的好友大叫著，然後，李臨玥再也叫不出第二聲了。

似乎遲了好幾秒才聽見一樣，面色像紙般蒼白的怡琳表情依舊毫無變化，只是輕輕抬起了自己的手，不斷對李臨玥一下一下招著，背後暗黃的室內倒映出的巨大黑影也同樣對著她晃動手部。

過於規律的動作不像人類所爲。

她捂住自己的嘴巴往後倒退了一步，然後撞在某人的身上。

嚇得立即轉過頭，這次她眞的止不住自己的尖叫，在空蕩蕩的別墅前庭迴盪著連自己都覺得淒厲可怕的聲響。

那不是她所認識的人。

不知道是男是女的陌生人不顧季節地穿著一件黑色的厚重外套，臉上掛著戲偶般的怪異面具，幾根白色的髮絲連在塑膠製成的面具上，詭異地晃動著。

她可以聽見從那奇異的面具下傳來了屬於人類的粗重粗喘聲。

無視女孩的尖叫聲，突然現身的人緩緩抬起了手，手上的尖刀折射出冰冷駭人的寒光。

李臨玥在那一瞬間明白了對方的殺意。

「放過我……不要……」拚命地搖頭，感覺不到臉上滾燙的那些水是什麼，她只能不斷地後退，被逐步靠近的人給逼回了別墅的玄關前。

面具下傳來了難以形容的嗤嗤笑聲。

她踏上了冰冷的室內，不斷地後退著，只感覺眼前死神越來越大的身影幾乎完全壓蓋住自己。

同學爲什麼消失？她不明白，她也無法明白爲什麼他們會碰上這種事。

如果是惡夢的話，還能夠有機會醒來嗎？

背脊貼上了雙人房的木頭拉門，高舉著尖刀的人就在她面前。

在她隱約意識到木門後有東西的那瞬間，雙人房拉門發出了怪異的幾個聲響後猛然被拉開，接著有人從裡面伸出手重重抓住了她的肩膀。

李臨玥在那瞬間發出了絕望般的尖叫，還來不及感受到底發生了什麼事，就被整個人拽住向後拉，毫無防備地摔在堅硬的地面上。

最後她發現自己倒在房門外，木門裡則是他們怎樣都找不到的一太，和那個戴著面具的人。

「快走！」

一太只丟下這句話，然後摔上了木門。

房內傳來了某種東西被撕裂的聲音，暗紅色的血跡從內側在門上拉出了噴射般的線狀。

然後，她再也看不清楚任何東西了。

3

現在

虞因嘴巴叼著的麵包掉下來。

「不會吧……怎麼會發生這種事情……」他整個人呆住了，然後瞪大眼睛看著電視螢幕，上面不斷閃爍的畫面彷彿在告訴他這一切都不是夢。

是眞實，完完全全的眞實。

眞實到讓他錯愕了三十秒。

他存在電玩遊戲裡的紀錄被人覆蓋了，而且還是超級機車的覆蓋法——同個地點時間、同個進度，但是對方硬生生就是錢比他多、等級比他高、名聲比他優秀、寵物比他健壯。

「小聿！是不是你搞的鬼！」全家人中只有一個人會用這麼高級的報復手法，難怪他這兩天打工回家時都看到小聿匆匆忙忙地在轉電視。

居然用這種方法來報復布丁的事情！

抱著幾本原文書從樓上晃下來，一聽到虞因的大吼，馬上就要調頭走回去，根本還來不及得逞的小聿直接被人拎下樓。

「你知道那個進度我玩多久嗎？一個禮拜耶！你居然把你哥我一個禮拜的拚死拚活給砍了！我正要打魔王破關耶！」現在非常想掐死人的虞因抓著對方的肩膀搖晃，「還有！你花了幾天？」

被搖得書都快鬆手的小聿連忙抓好借來的書本，然後比了兩根手指頭。

「兩天！你兩天打出比我高的進度！」虞因難過了，自尊心一整個被打擊到。

小聿轉開頭，其實很想告訴他第一天是在摸遊戲方式，眞正追進度的時間應該只有一天再多一點點。

「你這個可惡的傢伙！你以爲轉開頭我就會算了嗎？」扯住小聿一邊的臉頰，虞因完全不客氣地用力拉，「不給你布丁就洗我的紀錄，你信不信下次我就直接在你面前整盒吃給你看！」

「在那之前，你先給我跪下來懺悔。」

重重的一擊直接把虞因踹到地板上，覺得每次回家都看到自家兒子在大欺小的虞夏完全手下不留情地這樣說著：「告訴過你幾次不要欺負小聿，你以爲你還在休養期我就會放過你嗎？」

抱著受到重創的腿在地上翻滾了兩圈，虞因發出悲傷的抗議，「我根本是被欺負的那個……」

「鬼話留給別人聽吧，不要在地上佔位置。」順便再把他踢開的虞夏提著沉重的環保袋走進廚房，「阿因，你是不是有個叫作李臨玥的同學？」

「咦？」

抬頭看著站在廚房裡的人，本來想要多滾兩圈以示抗議的虞因，注意到氣氛有點不對，站起來回說：「有啊，她常常來我們家啊。你忘了喔，從小一起長大的那女人，現在還是學校校花咧。」那女人和他家也不算陌生，沒道理二爸會突然這樣問吧，「發生了什麼事？」

「這兩天我有可能會下南部一趟確認一些事情。」沒有直接回答他的問題，虞夏把袋子裡罐頭和食材依序放入廚房櫃子裡面，「佟在局裡也有事情，這趟下去可能會耗掉不少時間，你們兩個在家裡不要亂來，給我乖一點。」

「是上次那件學生販毒的事嗎？」

雖然被打破腦袋，不過之後斷斷續續聽到其他人談論的虞因只想得到這件事，能讓他二爸丟開手上的工作第一時間衝下南部。

旁邊的小聿抿起了唇，不作聲。

虞夏偏著頭想了半天，「不是。」

「是不是還要想那麼久嗎，那件事是不是跟小聿有關？」虞因盯著把東西全都收好的人，「二爸，發生什麼事情？」

「前幾天你不是在說你們班那群人去南部嗎？」轉頭，看見自家兒子坐在地上向他點頭，虞夏也很乾脆地直接告訴他，「那批人全部都失蹤了，只在別墅裡找到李臨玥，她受到嚴重驚嚇，到現在都還陷入昏迷，我原本還在想如果是我記錯名字就好了，現在看起來應該就是你同學沒錯了。」

有那麼幾秒鐘，虞因的腦袋好像一片空白，過了點時間才反應過來，「什麼時候的事？」

「今天剛收到的，事情已經發生了約一天半的時間，因爲怕引起騷動所以對媒體方面暫時先壓下，但是失蹤的學生裡有些人的父母有點來路，在收到消息時用關係對上面施壓，要我們這邊也派人過去協助尋找失蹤的學生，因爲是你們學校的人，外加警局最近正在總評鑑，所以最快有可能明天我就會被丟出去了。」想想，虞夏還是轉述給他聽，「所以我是回來收行李的。」其實他也不用花多少時間收拾，反正就是行動方便的T恤、牛仔褲塞一塞就差不多了。

「我也要去。」不用多想，虞因立刻站起身，「車錢我自己出。」

「你不准去！」這次虞夏的語氣變得很嚴厲，沒得商量的口氣，「這次你想都別想，你忘記你腦袋爲什麼會破一個大洞嗎？我們一直叫你不要管這些事情，沒事就愛來插手，結果弄成這樣，你自己看看你受了多少傷！」而且虞因也沒受過什麼保護自己的訓練，幾乎每次碰每次都會出事，這次說什麼都不能再讓他攪和進去。

「那小聿去……」

「你當我是白痴嗎？」虞夏狠狠地賞了他一記白眼。

虞因聳聳肩，知道這次他家二爸是來眞的了，「欸，不用這麼緊張嘛，這次只是人失蹤要去找人而已，又不是一個晚上全死光了還有一堆凶手，應該不會又來一記悶棍吧。」前幾次是因爲有凶手才有意外啊，沒可能找個人還會被亂棍打死吧？

如果眞的會，那就不是一個衰字可以解釋了，他大概要看一下今年是不是觸衰還是犯到啥了。

「沒得商量！」

走過去用力擰了虞因的耳朵，完全不讓他有討價還價的餘地，「總之這個暑假你給我乖乖地待在家裡，或是帶小聿到處去走走，如果再讓我或是我同事發現你出現在現場還是現場附近，回頭我一定會先揍得你半死再說！聽見沒有！」

語畢，虞夏重重地踩著腳步回自己的房間去了。

目送那道背影離開，小聿從冰箱裡面拿了果凍坐在地板上，然後分了一個給身旁的人。

「唉……怎麼辦呢，總不能放著那個女人不管……阿方他們之前也幫了不少忙啊，還有阿關那傢伙也太衰了吧……明明之前才差點翹掉……」咬著果凍湯匙，其實多少也知道這次應該幫不上忙的虞因歪頭想著能下南部的方法。

他當然不希望自己同學有任何意外，看不見東西是最好的。

而且在腦袋開花那天之後，他看見東西的機率好像一下子變少了，待在醫院的那陣子幾乎都沒有看見那些好兄弟——照理來說醫院應該是最多的地方。

如果能隨著頭傷被打掉這種怪異能力似乎也不是壞事，至少可以不用再被嚇醒，也可以當個普通人。

想偏了……

再度把注意力拉回失蹤這件事上，虞因回想著那女人出發之前告訴過他的行程，左思右想也想不出來他們會再繞去什麼地方。

就在虞因想到腦袋都快痛起來的時候，一堆票出現在他面前。仔細一看，是虞夏和虞佟先前拿給他的招待券，大部分都是從局裡拿來的慰勞品，有些則是人家轉送的，不脫渡假住宿和遊樂園一類的地方。

小聿歪著頭看他，然後對他晃了晃那些票。

湊過去看著幾張特別被挑出來的票，虞因笑了，接著拍了拍小聿的肩膀，說：「你眞是好孩子，看你要吃哪家的布丁盡量點，老哥我都買給你。」他都忘了還有這招。

「我們兩個一起去渡假吧！」

□

咖啡的香味瀰漫室內。

「呦，沒想到你今天這麼有空可以來這邊玩啊？」等待屍體解凍的同時，難得沒有別的急件工作的嚴司悠哉悠哉地沖了壺咖啡，遞給小沙發上的友人，「不過如果可以不要帶公文來看就好了。」

用很快的速度在筆記型電腦上瀏覽文件，黎子泓也沒管旁邊的人在哀哀叫或是前面正在解凍的屍體，把工作室當成自己辦公室一樣，面不改色地處理著一些線上案件。

「那邊有人，很吵。」因爲辦公室有上頭下來巡查，所以根本靜不下心辦公的黎子泓乾脆找了最安靜的地方繼續處理他沒看完的文件，順便來這邊喝點東西。

「嘖嘖，虞老大那邊最近也這樣，不是我在講，你們上面的人最近是吃飽閒著沒事幹嗎？沒兩天就到處抽查，嫌事情不夠多啊？」嚴司漫不經心地靠在旁邊的桌上，然後算了下時間，他還有幾個小時可以打混。

「外界和媒體、高層施壓，上頭就會跟著起舞。」喝了口咖啡，黎子泓盯著螢幕這樣淡淡說著。

「哈……」湊過去看螢幕，嚴司看見的是最近大家都滿關心的那件案子，「小聿的事情查到些啥嗎？」

他們目前只知道是香有問題，另外在學校抓到那個賣藥的，則和小聿家裡的事件無關，對方只承認賣藥給先前四樓的住戶。

之後透過分析鑑定出一些成分，就和毒品造成的傷害差不多，會有幻覺、幻聽甚至於幻視，初步證明能麻痺人的神經，造成凶暴化，但是進一步的化驗還沒出來，是檔案裡沒有的新型毒品。

藥物的使用方式是吸入性的，一開始似乎是放在冷氣中或是以線香方式點燃，比較特別的是線香燒盡後，殘餘物裡查驗不出任何東西，完全消失在空氣中了。在之後查扣的香菸也有類似的特點，不過因爲自製菸不太精密，終究是有殘留物留下來。

……或許他們思考方向有誤，先開發的是香菸，之後才是線香，因爲線香比較無知無覺所以才幾乎沒有被注意到。

黎子泓大約理解爲什麼之前少荻家一案會忽略線香了，甚至可以說受害於這東西的家庭可能還有不少，只是都未被發現，很有可能都當作一般家暴或家庭逆倫案件處理。

所以他申請了調檔，把類似的案件全都審視一次，想了解這東西滲透的層面有多廣。

「抓到的那個人不知道來源是哪邊。」也或許他知道，不敢說。黎子泓支著下顎，考慮是否要拜託自己認識的其他區域的朋友一起調檔。

「最近賣這玩意的也變謹慎了，之前破獲的那件對外宣稱抓到了藥頭，不過其實也只是抓到中層的人而已，抓不完啊。」看著正在解凍的屍體，嚴司聳聳肩，「你看那個，是嗑藥嗑過頭死在公園廁所裡被送來的，有時候打開這種人的屍體會覺得滿噁心的，內臟變形成那樣居然還可以活下去不斷地嗑藥，人類真是一種很堅強的物種。但是如果把我們看到的東西公諸於世，肯定也會造成某種警惕或騷動吧？」

「呵……」勾起淡淡的笑意，黎子泓不反對也不同意，只是繼續翻著頁面。

「不過虞老大最近也真難做人，外面的批評聲浪大，裡面的高層也一樣，我記得以前我阿母那輩的人都很怕警察啊，所以犯罪的人不多，現在的人好像都把警察當屁吧，反正出事了靠關係找人來施壓很快就會沒事，真不知道這個社會到底是怎麼了……只要有關係的話，就算殺死人也可以交保。」看著台上的屍體，嚴司啜了口已經有點涼掉的咖啡，「有時候想想，人命也眞不値得，不能用法律給予懲罰時只能等他像這樣自我毀滅，但是在他毀掉之前已不知道害慘了多少家庭。」

「我們只能生活在這種地方。」看著檔案，黎子泓這樣告訴他。

「價値觀扭曲啊……」

兩個朋友對看了一眼，沒有再繼續這個讓人灰心的話題。

有時候就是會這樣，明明知道什麼卻不能對外人說，只能看他們繼續重複下去。

「啊啊，眞讓人不爽啊，我們等等下班後去吃點好料吧，最近附近新開一家不錯的店咧……」

「不去。」直接截斷了某傢伙的話，黎子泓切換了畫面，看著昨天才剛收到的文件。

「爲啥？」嚴司哇哇叫了起來。

「你去的店都很貴。」睨了眼旁邊每次都去中高消費地方的傢伙，黎子泓很不想拿自己的薪水來開玩笑。

「哪裡貴！」

「全部。」想到自己午餐都叫五十元便當而隔壁這位都叫幾百元的還要加點飲料，黎子泓就有深深的感觸。

當初為了讓嚴司把早餐從精緻餐點改成有氧早餐好像也花了不少時間？之後自己就放棄叫對方隨便買買這樣的事情了。

「賺錢本來就是要吃飯買房子、車子，所以當然要吃自己喜歡吃的不是嗎？」完全不覺得吃東西要省錢的嚴司這樣反駁著，「你如果把電玩的錢拿來吃飯還不是可以吃比較好的，櫃子打開全都是光碟、光碟機、電玩卡帶，最近還有Ｗｉｉ的人沒資格說話。」更可怕的是他都面無表情地打，根本不知道那遊戲到底能不能玩。

「你敢說你沒玩過？」吃飽飯來他家消遣的不知道是誰！

「所以我才常常請你吃飯啊，走吧這位老兄，今天我請客。」搭著前室友的肩膀，嚴司露出了愉快的笑容。

基於餐點免費的前提下，黎子泓還是點頭了。

「對了，現在還沒有新的消息嗎？」盯著頁面上所有大學生的資料，嚴司認出其中有幾個似乎是上次大學生疑似鬥毆事件的關係人。

「沒有。」雖然不是他所負責區域發生的事件，但黎子泓還是從其他朋友那邊陸續問得了狀況。

那些寄宿的大學生在一夜間全部消失了。

唯一留下的李姓女學生是在隔天早上發現的，送早餐過去的人看見她躺在玄關，臉色蒼白毫無血色，這才知道出事了。

根據初步調查，事發當天傍晚六點多時民宿方面還送了晚餐和烤肉用具過去，但是只遇到一個男學生待在屋裡，對方告訴服務人員其他人都外出了，晚點才會回來，所以他們照例將東西放好就離開。

但是第二天他們發現女學生的時候，烤肉用具和晚餐完全沒有動過，也沒有人知道裡面究竟發生了什麼事情，還有其他人到哪裡去了。

總之，那名唯一沒有消失的女學生在醒了短短十分鐘之後，因爲驚嚇過度什麼話都沒說又厥了過去，到現在還未清醒。

沒有人知道發生了什麼事情。

「感覺還眞像外星人事件。」說出了自己的感言，其實嚴司更想說滿像那種幾乎等於芭樂劇的鬼片情節，總是會有人消失之類的。

「這個世界上只有眞實。」黎子泓不輕不重地反駁了友人的妄想，「總是會找到。」

「唉唉，很多奇怪的事情無法解釋吧，你看那個被圍毆的同學就知道了，也不能說他眼花對吧，而且你不是也相信他講的話嗎？」聳聳肩，嚴司嫌惡地看了一眼完全冷掉走味的咖啡，「硬要我說嘛，人體自燃的眞相大概也就是喝酒喝太多天氣又太熱的緣故了。」

偏過頭，黎子泓用一臉疑惑的表情看向他。

「就……酒喝太多、酗酒不是體內酒精濃度會異常飆高嗎？這時候又到了非常炎熱的地方，然後體內的水分逐漸被蒸發之後，酒精自然就會揮發，接著就引發人體自我著火了，不就是這麼回事嘛。」一臉「就是這樣」的嚴司環著手說道。

黎子泓馬上就轉回自己的公文上，覺得剛剛那幾秒認眞地聽解釋眞是浪費時間。

「聽你在鬼扯。」

□

熱浪直接撲面而來。

一下火車就只有這種感覺的虞因立即想縮回涼涼的車廂。

「我突然覺得台中是個好地方……」至少還不會熱死。看著頭頂上那顆幾乎可以熱死人的太陽，虞因有點暈眩了。

站在後面的小聿推了他幾下，然後爲了不擋到路人乾脆繼續推著人推出車站，就在車站前的花台旁邊坐下，無視於計程車司機的叫喊。

「啊，我放著有冷氣的地方不去，來熱死幹什麼呢？」邊哀怨地翻著手上的導覽看著上面的民宿介紹，在虞夏踏出門之後他也馬上聯絡旅館訂房、打工請假，後腳跟著踏上南部的土地了。

看了他一眼，小聿毫無表情地喝著手上的礦泉水。

說得上路人甲的應該是他才對，他大可以窩在圖書館或嚴司家渡過漫長的炎熱夏天，但是因爲旁邊那個唉熱的傢伙要到南部找同學，莫名地他就得奉陪過來，跟著一起被烤。

瞄瞄外面已經有點扭曲的空氣熱浪，小聿默默地左右張望了下，決定買頂草帽什麼的來遮陽。

大約十五分鐘後，頂著大大草帽跑回來的小聿剛好看見了虞因正在和一個計程車司機聊天，而且聊得相當熱絡，好像他們已經拜把好幾年。

「欸，你是跑去哪裡弄這個的啊！」注意力被草帽分散，虞因只看到他家阿弟小個子戴著不合比例的大帽子，讓人看了不知道應該說是好玩還是好笑。

「在這附近買會被坑啦，下次要買東西可以先跟我講，在地人知道比較便宜的地方啦！」大約三十多歲的計程車司機有著南部人的熱情，操著帶腔調的台灣國語，豪邁地拍了拍虞因的肩膀，「阿這樣人都到了吼？你們要去的那家旅館有點遠捏，要不要附近再找找看有沒有要一道過去的會卡省錢一點？」

「不用啦，我們有點趕，回程叫你車時算我們便宜一點就好了。」虞因很快就和司機達成了共識，也很阿莎力的司機各給他們一張名片，就招呼兩人上車了。

「是說你要去的這家旅館我也知道，是我小舅子開的，我叫他給你們特別招待，有空要常下來玩咧。」

看著司機的名片，虞因制止了對方打開廣播的動作，「聽說這家旅館附近不是有間民宿嗎……好像前兩天有十幾個大學生突然不見了？」

微微愣了下，司機從後照鏡看著他問：「奇怪咧，新聞不是沒播嗎，你怎麼會知道？」

「喔，聽同學說的，好像去玩的人裡有他們認識的，說本來也在那一帶要碰頭，可是突然就找不到人了。」拿出自己早就想好的理由，虞因這樣打探著。

司機點了一下頭，「所以我說嘛，那些警察一直怕人家知道會怎樣怎樣，結果還不是都會被知道。」轉動著方向盤，像是也被告知過不能多嘴的司機馬上像是找到了聊天對象，滔滔不絕地說了：「你說的那家民宿其實就在我小舅子旅館附近，以前競爭凶咧，那家民宿的尪仔某大概是十幾年前突然跳出來做的，嘛不知道錢是哪來的，砸了一大筆錢買了田地起厝，開很便宜的價位做民宿，差點損死附近這些做旅館的，幸好後來價錢有公道了。」

「別墅也是嗎？」

「嘿啊，不過別墅比較晚，大概是快十年前蓋的吧？也沒啥印象了，好像本來是要自己住的，但是不知道爲啥一直沒住進去，後來這幾年好像流行整棟租，就又改成現在這個樣子了，前後也出租過不少次，還上過啥啥推薦網咧。」

所以別墅跟民宿本身應該是沒問題的嗎？

思考著司機的話，虞因只覺得腦袋有點悶痛，暫時先將話記下來打算以後再細想，他轉頭看了一下旁邊的小聿。在車內拿下大草帽的人一直盯著外面的田野，好像不曾看過這種景色，看得相當入迷。

看來應該早點帶他出來比較好？

這樣想著，虞因打算如果事情早點結束，再來一次眞正的出遊吧。

「對了，這附近有什麼好玩的啊？」翻著導覽手冊，其實這次來得相當匆促的虞因根本沒有好好將內容完整讀過。

而且他還把手機關機了，就怕被二爸找到他在哪邊，直接衝過來擰死他。

雖然是遲早的事情，但是他還眞希望能晚一天被發現就晚一天……最好在他們回去前都不要被發現啦，但是好像不太可能。

「觀光夜市吧？外地人很愛去啊，還有夜遊啥的，旅館那裡有腳踏車可以借，現在很多都市人都喜歡騎腳踏車到處看，說是啥健康活動的。」司機其實也不覺得有哪個地方特別好玩，但還是唸出了一串導覽手冊上有介紹的地名，末了還補上其實也沒什麼東西之類的話，「喔，對了，旅館附近有片林子，再過去有百姓公廟，沒事不要騎到那裡去。」

「有啥問題嗎？」漫不經心地問著，虞因看著手冊，思考那幾個失蹤的傢伙會去什麼地方。

「卡早之前死過人，所以那邊很陰，在地人都沒啥咧去的，只有頭殼壞去的少年仔才會跑去那邊夜遊，每次都不聽警告，是沒出過啥事啦，不過麥去比較好。」好心地勸說著，在最後一個轉彎看到旅館屋頂之後，司機開始慢下車速，「右邊就是你剛剛在問的那間民宿啦。」

就著司機指引的方向，虞因果然看見了不算小的民宿，在外邊停著兩台警車。不知道爲什麼他反射性就是一縮，怕被員警看到，不過在縮完之後才想起二爸現在應該還在派出所交辦手續，沒這麼快到這裡才對。

他眞的都快躲出反射性了……

就在收回視線的那一瞬間，他從眼角似乎瞄到了民宿那邊有人在對他招手。

猛地轉過頭，卻又什麼都沒看見。

眼花嗎？

帶著疑惑，計程車停了下來，同時也宣告他們抵達了今晚的落腳處。

「名片拿給老闆，有特別服務的啦。」

熱情的計程車司機在離別之前依然一派爽朗地這樣告訴他們。

看著大亮的天空，小聿再度把草帽戴在頭上。

於是，屬於他們的特別假期也開始了。

「先去找那女人吧。」

虞因這樣說著。

「現在除了家屬之外禁止探視喔。」

放下行李、在附近車行租借了機車之後，虞因就直接先去打聽出來的醫院，果然就得到他預料中的答案。

用懷疑目光看著他的護士小姐說：「如果你是李小姐的朋友，可能要等幾天病人清醒後狀況良好再過來探視。」

「好吧。」

因爲人生地不熟，也沒辦法靠關係硬闖的虞因離開了護理站，坐在走廊上的小聿抬起頭看了他一眼。他大半的臉幾乎都被草帽遮住了，但是這種打扮在醫院裡反而更顯眼，路過的人都不自覺地回頭看著他們這怪異的組合。

無視於路人甲乙丙丁好奇的視線，虞因買了飲料後一屁股在小聿旁邊坐下，順便遞給在等他的人，「眞是的，雖然這樣跑下來，也不知道從哪邊找起比較好……別墅那邊肯定有警察，也不能進去，本來想說最快的方法就是問那女人，不過看起來她現在也很糟糕。」

他完全不曉得她遇上了什麼事情。

聽二爸說是陷入極度的驚恐而昏迷。

但是他跟那女人是從小一起長大的，能讓那個女人變臉的事情不多。雖然她滿花的，交往過的男人隨便揖都會揖死一大把，但是因爲她的交際手腕變態好，能將這些事情完全處理妥當，所以也不曾惹出什麼會被車撞、潑硫酸毀容的事情。

從某種角度來說，李臨玥這個女人並不如外表是個單純的花瓶。

她只是在玩而已。

從以前到現在，虞因很少見到她害怕或是有強烈的情緒表現，到底是遇上了什麼事情才能讓她懼怕成這樣？

他不知道該怎樣去揣測和想像。

正在思考的時候，旁邊的小聿突然站起身，左右張望著。

「你被啥碰到嗎？」跟著看過去，啥也沒看見的虞因問道。

偏頭想了一下，小聿點點頭，指向左側的方向。

站起身，虞因半瞇起眼睛望向那邊。那兒是醫院的逃生梯，他一時依稀看到幾個影子在那一帶走動著，但是很快又消失得無影無蹤。

「看不到。」揉了揉眼睛，虞因發現自己第一次想要看卻看不到。

就在他想著自己的跳針眼該不會真的被打掉的時候，走廊的另外一邊傳來了很一板一眼的交談聲，他一聽到便馬上拖著小聿往逃生梯那邊竄。果然不用多久，幾個員警一邊走一邊討論地踏上他們剛剛逗留的地方，其中一個還是他最不想撞到的人。

「要死，我就知道二爸動作很快。」小心地拉著小聿，在虞夏察覺異狀之前他們快速地從逃生門接著醫院後門離開。

跑到一半時，小聿停下腳步。

轉頭剛好看見草帽掉在路上，虞因嘖了聲走回去撿，起身的同時卻見醫院出口處站了一對中年男女，身上同樣穿著不知道是哪家民宿的制服，兩人看起來都約莫三、四十歲左右，臉上的神情帶著些許緊張。

仔細一聽，隱隱約約可以聽到他們的對話。

「怎麼辦……爲什麼會在那裡出事……」

「拜託人向醫生打聽看看……」

注意到虞因正盯著他們看時，交談突然停止了。

「不好意思，請問你們是這附近民宿的人嗎？」先行釋出善意，虞因指著他們衣服上印著的店名，「前幾天我朋友說要來這邊玩，因爲我有事情所以才晚了幾天。」

外表看起來很普通，男性偏瘦但還算高，女性則顯得有點瘦小，不曉得爲什麼男人看起來似乎有點神經質，不時四處張望著。

女性的民宿人員先對他點了點頭，語氣相當客氣：「很抱歉，因爲暑假是旺季，這邊一天到晚都有客人，你朋友可能不是住在我們這邊，還是他有留店名嗎？」

虞因指了他們身上印有的店名，「其中一個叫作李臨玥，被送到醫院來。」

一提到那個名字，兩人的神色明顯變了。

「你們是他們的同學嗎？」拉著虞因兩人到後門較爲偏僻的地方，那兩名民宿人員馬上開始追問著。

「同班。」出示了自己的學生證，虞因面不改色地扯著謊：「說好要去東部集合的，不過一直打不通手機，所以我才來這裡找，剛剛我在附近的旅館租了房間，大概會住兩、三天吧……你們可以跟我說一下我同學們發生了什麼事嗎？」

「這個……」兩人互看了一眼，似乎有什麼難言之隱。

「我們不會跟別人說。」虞因這樣告訴他們，不過兩人還是猶豫著。

旁邊的小聿突然拿出了自己的手機在上頭寫字，在虞因詫異之下轉給那兩個人看：「叔叔和阿姨，你們是老闆，民宿是自己的，不想告訴警察，我們可以自己找我們的朋友。」

不知道小聿是從哪邊看出這兩個人是老闆的，虞因雖然有點錯愕，但也沒打斷他。

「你怎麼知道我們是老闆？」顯然也對這點感到很疑惑，男人這樣問著。

小聿默默指著他手上的婚戒，然後從自己的背包裡翻出了本旅遊導覽手冊，和虞因手上那本一樣，翻到百大民宿介紹的某一頁上，彩色印刷的頁面上出現了眼前的女人和民宿的合影，標題打著「老闆娘苦心經營」之類的字樣，同樣的戒指正巧地就戴在女性的手上。

看著他精準無誤地將導覽手冊記得一清二楚，先前時間快把手冊翻爛的虞因有點汗顏。

「就像我弟說的，我們只是想來找同學而已，雖然現在放暑假，不過我們也不想搞到被學校記警告，所以不會和別人說，你們可以放心。」拍著小聿的肩膀，虞因這樣告訴兩人：「我只想打聽一下我同學住的地方和去看一下而已，不會給你們找麻煩，說不定他們只是繞去別的地方了，和他們比較熟的我或許可以找得到；你們不用馬上回答我們，如果可以告訴我們的話只要在我們住的旅館留個言就好了，我叫虞因。」

簡短打過招呼之後，虞因就拉著小聿離開了。

他很確定，事情很快就會有開頭了。

三個小時後的當晚，如他們所料的，民宿主人在櫃台寄放了備份鑰匙和別墅住址以及一份指名給他們的包裹。

上面寫著兩人的名字：謝清海、王瑜芬。

□

當天晚上十點半。

「嗯？被圍毆的同學和小聿沒有來找我喔。」

對著手機那端招呼幾聲之後，正在停紅綠燈的嚴司切斷了手機，旁邊原本在假寐的友人半睜開了眼睛，「虞警官？」他似乎聽到電話那頭傳來了耳熟的聲音。

有點著急，但是還是很有禮貌的問句。

轉過頭看著打著哈欠的黎子泓，嚴司點點頭，「對，虞佟，好像他家那兩個小孩留簡訊說要去渡假，就跑出去玩了，沒告訴他地址，手機也打不通，小聿的也是轉接語音信箱，所以當阿爸的在擔心了。」

瞄了一邊竊笑一邊按著手機傳檔案的嚴司，其實大概知道兩人下落的黎子泓起身坐正，「去了南部吧。」

這其實很好推測，因爲那個虞因太多管閒事了，只要扯上認識的人，十之八九會像螞蟻聞到蜂蜜一樣靠過去。

「對啊，去南部了，夏老大肯定會剝了他的皮。」很歡樂地把檔案傳出去之後，嚴司在紅綠燈轉換的同時把手機放到一旁。

「那你在笑什麼？」黎子泓皺起眉，總覺得駕駛座上的人笑得太欠扁，同時也想告訴他開車時講手機違反了交通規則。

「我傳了可以讓被圍毆的同學躲過追殺的東西給他，不過他關機，看老天幫不幫他了。」還是在偷笑的嚴司說了句讓身旁朋友一頭霧水的話後，爲了避免被追問或是被搶走手機，他轉移了話題：「對了，你們要求我重新相驗四樓的屍體啊，比對過後還是一樣，他們身上的特徵和小聿父母部分相同，雖然被水泡爛了，不過一些尚未損毀的部分大抵可以比對……幾乎確定是同種東西沒錯了。」

「賣的人不同，東西相同。」從推測階段到完全肯定，黎子泓再度閉上眼睛。

「雖然這樣說很奇怪，但是不管是四樓那件還是小聿那件，案子追到後來都不會有結果的。」盯著前方，嚴司淡淡地說著：「賣藥的人雖然不對，但是使用的人同樣也不好，賣藥的人只是供給藥，卻沒有要求收藥者殺人，使用藥之後的幻覺以及人格改變殺害自己的家人……到最後要說誰是凶手？要追求什麼結果？這些真的很難……就算抓到了最終事件主嫌，他們也不用爲這些血案付出什麼，頂多只是被判個販賣毒品的罪名，結果到最後抓這些人又能給被殺害者什麼交代呢？」

這是灰色地帶。

不會有什麼完美結局。

最後賣藥的人也不會被冠上殺人者的罪名，只是一如往常地定罪、移送法辦，然後在刑滿之後離開監獄。

但是被抹煞的人已經不存在了。

微微地睜開眼睛，黎子泓看著他，「你已經聽說了那個賣藥的能夠交保的事情了嗎？」

「是啊。」

因爲證據不全，勉強起訴，但是最後還是判出交保的定論。

雖然他承認曾賣藥給四樓那戶人家，不過罪刑卻可以易科罰金後離開。

「根據他的證詞，他那天的確是要到四樓去收帳，因爲那戶人家欠他香錢很久了，但是一打開門他只看見男主人正在揮刀，噴濺出的血也是那時候被殺傷的，後來他自行到無照醫生那裡診治，所以沒留下就醫紀錄。」淡淡地說著，對於判決雖然不服，但也只能選擇繼續上訴的黎子泓環起手，「流入校園的藥物他一概否認，雖然和車後的藥物檢測吻合，但是只要他不承認，也無直接證據，只是……」

紅燈再度亮起。

嚴司轉開音樂沖淡了車內的嚴肅氣氛。

大約在兩秒之後，隔壁車道停下了一輛看起來相當昂貴的跑車，然後對方搖下了車窗。

夜晚的黑色空氣中出現了一道閃光。

嚴司還未意識到那代表什麼意思的時候，身旁的黎子泓突然按下了他坐椅的調整鈕，將他整個人向後座撲倒。

幾個聲響打在窗戶上、車殼外。

「該死！」完全清醒過來的黎子泓撐起身，在燈號換成綠色的那一秒，他只看見隔壁那台車副駕駛座上的人歪著頭對他伸出了舌頭和中指，接著跑車倏地呼嘯而去。

「痛痛痛……啥鬼啊……」完全沒心理準備就被撞下去的嚴司按著腰，然後鬆開了安全帶爬起來。

後面的車子開始按喇叭，接著因爲不耐久等，陸續地從他們車邊竄過。

「被開槍了，你沒事吧？」記下剛剛那輛車的車號和正副駕駛的模樣，黎子泓才想到剛剛第一槍沒躲到，要叫救護車的事。

「閃到腰。」捂著發痛的腰，嚴司看著出現裂痕的玻璃，然後曲起手指敲了兩下，「還好上次朋友建議我換防彈玻璃時我有換。」但是車殼可能要換了。

是有什麼狀況讓人會建議他要換防彈玻璃？

黎子泓很想拿這問題問他，不過忍了下來。「是那個人。」他撥了通電話到局裡，然後

將事情經過大致描述了下，順便要警方第一時間攔截對方車輛。

在看見那輛車的瞬間，他認出來開車的是才剛交保的賣藥者。

「居然追著我的車來，看來你應該被他們盯上了。」一直等到現在才開槍，看來對方大概跟了他們一整個晚上。

「……」

嚴司拍拍他的肩膀，「太好了，那傢伙眞是自找死路，這是新罪啊！」交保後跑來攻擊下班的法醫和檢察官是吧，這可不是對方輕輕鬆鬆就可以再開脫的罪名了。

「不過如果可以的話，我還眞想先去看跌打損傷。」他的腰啊，剛剛猝不及防被撞倒，「在車上閃到腰好像不怎麼好聽，傳出去都不知道會不會被別人想歪啊……」如果是警花還是屍花就算了，爲什麼偏偏什麼花都不是咧？

「……麻煩你閉嘴。」

不用多久，警車停在他們四周，警方拉起了封鎖線，認識的、陌生的面孔在車外對他們敲了敲車窗，示意外面現在安全了。

於是，漫長的黑夜這才剛開始。

□

看著手錶時間，十點半。

虞因轉頭看看不知道正在翻什麼書的小聿，「我要過去那間別墅，你要一起去嗎？」俗話說得好，要找好兄弟要在半夜找，他唯一的特長就是偶爾會看到好兄弟，也只好先從這邊開始。另一方面，這個時間別墅裡應該不會有人了，警方蒐證大多在白天進行，這時間應該先去休息或是回去整理資料了。

他翻著櫃台給他們的東西，裡面也有民宿的員工服裝，看來民宿那兩個人想得比他們還要周到。

打算死馬當活馬醫嗎……？來路不明的人也可以相信到這種地步，可見他們眞的很急。

點點頭，小聿拿起自己的包包跟了上去。

和旅館人員打過招呼之後，虞因兩人依照紙張上的地址往不遠處的別墅前進。

因爲是民宿區，所以夜晚並不怎麼安靜，在田野路上騎著機車的時候多少也會偶遇一些同樣在這邊渡假的人，大多都還滿年輕的，看起來應該是學生，還有幾對情侶和一、兩個提早來放假的小家庭等等。

「你覺得那對老闆夫妻給人印象如何？」迎著夜風，虞因這樣隨口問著。

後面沒有傳來聲音，似乎也沒有特別意見。

感覺就像普通人一樣，沒什麼奇異的地方。

想到這裡，虞因猛地看到狹窄的路中央出現了個人面對著他，完全被嚇了一大跳的虞因連忙偏開車頭按了煞車。

整輛小綿羊瞬間打滑了幾十公分，停在暗溝旁邊，後面的小聿也被嚇得不輕，整個人拽住他的背。

「靠！你是……」本能地抬頭就想給對方一頓好罵，但是再仔細一看卻沒有看到任何人，虞因自動噤聲了。

好吧，他想他應該是又恢復跳針了。

看著漆黑空蕩蕩的道路，虞因默默地把車給扶好。

指著田野另外一端，小聿拉了拉阿因的衣服。

順著方向看過去，沒有打開任何燈光的別墅不知何時已出現在空蕩蕩的田野上，遠遠看起來像是個巨大的異空間似的，給人一種說不出所以然的突兀。

幸好路邊還有路燈，不然眞的完全像鬼屋了。

重新發動車子兩、三次，不知道是因爲剛剛的衝擊還怎樣，小綿羊一時之間發不太動，發出了讓人有點希望的聲音後立刻又讓人絕望地熄掉。「要死了，不會把車子弄壞了吧？」瞪著還是堅持罷工的機車，虞因有種無力感。

蹲在旁邊看著，小聿想了一下，然後來回看著別墅和他們的距離。

「沒關係，還滿近的，我看把車子一起推過去好了。」抓抓頭巾，剛剛在路邊還可以遇到人，現在卻連隻狗都沒看見，大概是因爲這裡已經滿偏僻了吧。

點點頭，小聿站起身跟上了他的腳步。

其實說近也不太近，外加上一台發不動的機車，到別墅前已經走了差不多一分鐘，虞因覺得有點吃力，整個腦袋也開始隱約生著悶痛。

望望別墅大門，緊閉的黑色房子裡完全沒有透出任何微光。

庭院草坪上有車輪壓過的痕跡，也有人踏過的痕跡，看樣子應該是早些時候從這邊離開的員警所留下的。

看來他們選這個時間來還不算太差，只是有點可怕而已。

黑黑的房子裡似乎還會傳來某種聲音——某種還有什麼東西在裡面活動所造成的聲響。

停好車，虞因拿著民宿老闆給的鑰匙毫不猶豫地打開了大門，接著是玄關的電燈，跟在後面的小聿也快步跑進去將大廳的燈全部打開，漆黑的詭異感立即被燈光驅逐，看起來又和一般的房子差不多了。

大廳裡還有著幾樣遺留下的物件、背包以及丟在一邊的外套，看起來就像是原本住在這裡的人隨時會回來一樣。

光是這樣看完全沒有任何奇怪的地方，也看不出哪裡有問題。

在幾層樓來回走了一下，虞因還是不覺得有哪裡不對勁。

所以是他們出去玩了之後就沒有再回來嗎？

佇在大廳思考著，記得民宿老闆曾說過他們租借了腳踏車，但是腳踏車和人一樣完全不見了，所以他們應該是出去了，但是沒有回來。

根據員工表示，送來烤肉用具時這裡還有一個男孩子，不過最後被找到的卻是李臨玥，根據形容，阿因猜想留下來的那個人應該是一太。

但是他們去哪裡了？

想不出個所以然，虞因坐在沙發邊後，注意到了旁邊的小房間。

通常這種房間是準備給不方便爬樓梯的人使用的，他拿鑰匙打開了和室，裡面如他所料只是個非常普通的房間，完全沒有特別的地方。

小聿站在他旁邊，也聽見了下方有碎碎的聲音，然後反射性地倒退了下。

「喔，這附近都是田，大概是有老鼠跑到水管裡吧。」沒有太在意，看不到東西的虞因把門關了起來，然後蹲在地上鎖上紙門，「咦？」

轉了兩、三圈，鑰匙不知道為什麼卡住了。

「奇怪，這鎖也太爛了。」試著抽了兩下，還是拿不出鑰匙的虞因皺起眉。

站在旁邊的小聿突然愣了一下，然後連忙緊張地拽著他往後退。

「啥？」被抓得一頭霧水的虞因轉過頭看他。

不知道怎樣表達的小聿連忙搖著頭，一直指著紙門。

瞇起眼睛，藉著大廳的燈光，在門後的那片黑暗中，虞因看見了他所說的東西。隱隱約約地，有個黑色的人影蹲在紙門的另外那頭。

□

他們連大氣都不敢喘一下。

嵌在門上的鑰匙發出了幾個喀喀的怪異聲響，然後從反方向被扭開。

幾乎是下意識的反應，虞因立即撲上去抓住鑰匙，硬是轉回鎖門的方向，而另外一端像是要和他對抗一樣，力量出奇地大。

他可以感覺到鑰匙被兩股力量綳緊到幾乎斷裂的程度。

拉門劇烈地震動了幾下，然後滑開了一小條縫，泛著青光的眼睛從縫裡注視著光亮的這一邊。

小聿直接衝過去將拉門給關上，然後緊抓著門邊不讓門再度打開。

「媽的！啥東西！」整片拉門開始發出震動，完全不曉得這房子有啥鬼的虞因連三字經都快蹦出來，抵抗他的力道一直都在，似乎不想讓他把門給重新鎖上。

門另一端的黑影模糊得讓人無法確認對方是否還在。

接著，震動停止了。

感覺到門上已經不再有對方力道的小聿稍稍鬆了一口氣，看到蹲在地上的虞因還在繼續在努力拔鑰匙，「好像……」

話還沒說完，紙糊的木窗突然被狠狠一撞，站在這端的小聿根本沒看到是什麼東西，只感覺到某種冷冷的東西碰到他的肩膀，回過神之後才看見染著血的刀鋒慢慢地從紙門上的破洞抽回，洞內有著某人的眼睛正狠狠地瞪著他們。

「他媽的你敢碰我弟！」想也沒想就直接朝門後的眼睛插下去，抽回手之後虞因立刻感覺到鑰匙上的力量一鬆，他馬上鎖了門將鑰匙拔出來。

紙門後的騷動突然停止了。

黑影像是被蒸發般完全不見。

看著剛剛疑似插到眼球的手指，上面只有一坨令人想吐的腥臭黑色物體，虞因露出了噁心的表情，馬上衝到廚房把手給洗乾淨。

跟在他後面的小聿盯著那扇紙門，不敢移開視線。

「這房子肯定有問題。」拿了檯燈對著裡面照了幾次，都沒照出人影，也沒有什麼東西再跑出來之後，虞因才稍微鬆了口氣，接著抓住了小聿的肩膀，「我看看！」

皮膚上的確只有淺淺的刀傷，這讓虞因稍放下擔心，「不過那東西肯定很髒，先去醫院再說。」

猛地拉住了虞因，小聿被紙門邊的銀色物體吸引住，再三確認過門的那端沒東西之後才去撿起那玩意。

仔細看了看一小團扭曲的銀色物體，虞因很快就認出來是折斷的半截鑰匙，「奇怪了，怎麼會丟在這種地方？」

沒有人可以回答他的疑問。

「總之，先去趟醫院再說。」

看了看破了個洞的紙門，虞因隱約知道事情不是想像中那麼單純，拉著人慢慢地退出了別墅的玄關。

就在他們踩到玄關的那秒，客廳裡的燈啪的一聲熄滅了。

彷彿原本很細小的聲音在那瞬間被擴大一樣，區隔樓層、設在樓梯中的拉門被某種力量重重地甩上，砰砰砰的聲音接連傳下一樓，在巨大的空間內迴盪。

「我們走吧。」

緩緩地退出門外，虞因最後關起大門時，依稀還能聽見地下水管傳來老鼠跑動的聲音。

整棟別墅重新回到了黑暗之中。

估計應該不會再衝出什麼東西的虞因反射性地發動了小綿羊，然後才想起剛剛怎麼都發不動機車的事情，「要死……」不知道能不能找人來接他們。

就在同時，小綿羊竟然復活了。

「真是見鬼了！」

5

夜半，醫院急診室裡面幾乎沒什麼人走動。

「幫你打支破傷風，這幾天傷口要保持乾淨、不要碰水。」值班的醫生替小聿縫了幾針之後這樣說著：「多注意一點，不要去髒的地方。」

點點頭，小聿看著自己的肩膀，然後動了動。

看樣子似乎真的沒什麼大礙，虞因才鬆了口氣，「對了，醫生你原本就是這裡的人嗎？」看他約三十多歲的年紀，似乎不太像實習醫生，虞因隨口問道。

「對啊，土生土長的在地人，我醫學院讀完之後就回來這裡了，畢竟還是南部好啊，離家近，東西也便宜。」醫生邊讓護士收拾著用過的器材，邊這樣說著：「雖然最近怪事一連串啊，不過也算經驗難得吧。」

「是啊……」隨口應著，特意挑這間醫院回來的虞因站起身。

正想用個什麼藉口問問李臨玥的狀況時，不曉得從哪裡猛地傳來尖叫聲，室內所有的人都被嚇到了。

「醫生，四〇三的特別病患出狀況了！」一名護士匆匆從外面跑進來，這樣喊著。

接下來是一小片的混亂，持續的尖叫聲讓醫護人員連忙往病房方向跑去，也跟著跑過去的虞因和小聿在病房門口被擋了下來。

「家屬不能進去。」不知道是哪來的護士搞錯了他們的身分，將他們擋在外面。

接著病房裡傳來幾聲大叫，然後是乒乒乓乓的丟擲聲響，大概連椅子都被摔了，反正乒荒馬亂了幾秒之後，病房門再度被打開。

虞因錯愕地看著沒想到會出現在面前的臉。

整個臉色蒼白到像鬼的李臨玥猛地竄了出來，平常光鮮亮麗的打扮完全不復見，連頭髮都是一片散亂，整個人看起來相當可怕。

「快點攔住她！」兩、三名護士追了出來，身上都還掛著不知道是水還是什麼的東西，模樣狼狽地喊著。

「滾開！」沒有注意到面前的是誰，李臨玥完全不客氣地一巴掌搧了上去。

「喂喂！看清楚一點好不好！」連忙抓住她的手，虞因按著人，免得再被呼巴掌，「妳同學兼朋友的我！」

錯愕了兩秒之後，李臨玥一把拽住他的領子把人抓往前看，然後連忙抓住他的手，叫道：「快點！去找怡琳他們！」

才剛跨出了兩步，她就因爲一陣暈眩，跪倒地上激烈地喘著氣。

阻止了要撲上來的護士，虞因在她身旁蹲下，「先休息一下。」他接過小聿遞來的水，讓李臨玥小口小口地喝下去。

待她稍微平靜之後，護士們協助虞因扶著人先進入另外一個乾淨的空病房，然後讓她在床邊坐下。

「怡琳他們……」一回過神之後，李臨玥又焦躁地想要站起來。

「妳昏迷一段時間了，我是聽到我二爸他們在說才偷偷跑下來的。」將女孩按回位置上，虞因拍拍她的臉頰，「長話短說，到底是……」

「不去不行。」反抓著虞因的肩膀，李臨玥勾起了淡淡的微笑：「不去不行啊，你跟我一起去怡琳他們那邊吧，阿因？他們還在那裡，阿方、阿關他們也在，只差我們了……不對，其實小聿要一起去也是可以的。」

如果不是因爲她的眼神太過清醒，虞因眞的會給她一巴掌看看她是不是睡暈了。

「去哪邊？」他還眞佩服自己可以那麼鎮定。

「哪，你進去過了不是？你知道要去哪邊找他們的……」猛然站起身，李臨玥撞開了旁邊想給她注射藥劑的醫生，像是沒有自己意識般地轉頭看著窗外，「還有那個戴面具的人……殺死他……」

「病人神智不清！」

幾個護士連忙上前抓住了李臨玥，意外地她完全沒有反抗，只是看著藥劑隨著針筒注射到自己手臂當中，然後抬起頭對虞因露出一種讓人無法理解的淡然笑意：「我們在那裡等你。」

「在哪裡？」拍著李臨玥的臉頰，虞因急急地問著。

「那時候……爲什麼會是二十個人呢……？」

像是在喃喃自語一般，話語停止後她閉上眼睛直接往後一倒，就再也沒有動靜了。

「陷入昏迷，其他人先出去！」

虞因和小聿再度被護士給推出了病房。

然後，他看見某人站在他面前。

「阿因，我不是叫你乖乖在家待著嗎？」

充滿青筋的微笑和拳頭一起送上給他。

□

他打開了手機，起碼有十幾通大爸的來電紀錄。

撂下「你給我在這邊等著」、「回來我就算帳」這樣的話之後，虞夏就和另一個他不認識的警員（應該是南部警方人員吧）先去了解狀況。

借用了二樓家屬休息室，早就已經累得昏睡的小聿躺在旁邊，他則坐在邊上看著手機，床邊放著罐裝飲料。

「咦？」轉到訊息最下方時，他看到嚴司發給他的信件，是不久之前發的。

打開信件的那瞬間，虞因差點整個笑出來，他連忙捂住嘴才沒有吵醒其他正在休息的家屬，然後用力深呼吸好幾次之後，他才定睛細瞧了夾在裡面的檔案。

重看之後他還是超想大笑的。

看了看還在睡覺的小聿，虞因抿著嘴走出門口，先竊笑了兩聲才打電話過去。

很快就接通了，不曉得爲什麼另端的背景聲音聽來似乎有點吵雜，而且還帶著警笛聲。

「嘿？被圍毆的同學，你終於被抓包了嗎？」那邊的嚴司涼涼的聲音傳來，似乎爲了避開聲響而刻意地走遠了些。

「你怎麼知道我下南部？」勾著微笑，虞因看見走廊那端有個透明的男孩跑過去，然後又跑回來，接著一頭撞進了牆壁裡面。

「根據你的爲人所做的猜測，我現在有點事情不方便跟你聊太久，我做人很夠意思吧，回來時記得幫我帶名產啊。」似乎眞的沒有時間多聊，嚴司匆匆地招呼了兩句就掛斷電話了。

「好。」

只來得及回答這句，下秒虞因就聽見手機那端傳來掛斷的聲響。

「你還有心情打電話啊？」

冰冷的聲音像是從地府爬出來一樣地自虞因身後傳來。

他一回過頭，果然看見虞夏黑著一張臉站在他後面幾步遠的地方，臉上很明白地寫著這次要揍死你之類的字樣。

「呃、打我之前，嚴大哥說我腦袋上的傷還沒好不准揍我，不然他就要把這張相片貼在你們聯絡網上面給大家一起欣賞。」連忙將手機裡收到的檔案調出來，虞因轉過手機給已經準備好拳頭要呼他的人看。

看見手機螢幕的那瞬間，虞夏的臉有一秒呈現僵硬狀態。

很少看到自家二爸吃癟的樣子，虞因偷偷地又在心裡笑了幾聲。

「馬上給我刪掉！」根本不知道那張相片是什麼時候被拍到的虞夏，馬上撲過去掐住虞因的脖子，「刪掉刪掉！不然我就滅了你！」

「呃——會死啦！」

「先刪再死！」

「你不放手我怎麼刪啦！」

鬆開手，全身開始散發黑氣的虞夏扠著手，用一種可以把人殺死的凶狠目光瞪著自家兒子：「刪！」

咳了幾聲順過氣，虞因嘿嘿笑了幾聲：「二爸，這該不會是你之前在辦高中那件……」

直接一拳打掉他未竟的話，完全不給人發問的虞夏指著手機：「不然我砸爛它。」

「……就算你砸爛，原檔還是在嚴司大哥那邊啊。」難怪後來他每次一問二爸高中案件時，虞夏的臉色總是很奇怪，而大爸則是一副很想笑的表情。

顯示在手機畫面上的是張虞夏的相片。

一看就知道是被偷拍的，但是拍得很清晰，連高中制服上繡的校名都清清楚楚，身旁還有人在幫他抓頭髮和染髮，正在喬裝準備中的虞夏則是偏著頭不知道在向別人說什麼。

「其實二爸你還滿適合的，比高中生還像高中生。」看著照片，幾乎快要笑死的虞因還眞狠不下心砍掉相片。

要知道他家二爸的相片少到可憐，他連出去玩都不喜歡照相，搞不好被媒體拍到的相片還比他們的家庭照要多。

黑著臉劈手奪過手機，虞夏直接舉高。

「嗚啊！不要摔，很貴的啦！我馬上砍就是了！」連忙搶回才剛換不久的手機，被迫要向惡勢力低頭的虞因含著眼淚把那張相片給砍了，「講不講理啊……」早知道就先發到自己的電子信箱備份了。

看著手機上的確出現了已刪除的字樣，虞夏才鬆了口氣，也懶得再對虞因動手了。

「我不是叫你乖乖待在家裡嗎，你還跟下來？你們到這裡有多久了……還有小聿的肩膀是怎麼回事？」剛剛就注意到小聿肩膀上有繃帶的虞夏皺起眉，非常不高興地質問著。

「欸……很剛好啊，你跟大爸給我們的渡假券裡隨便抽就剛好抽到這裡咩。」虞因打哈哈裝傻過去。

三秒後被一拳揍掉。

「你以爲這種鬼話我會相信嗎？」冷瞪了眼前的人一眼，知道他根本就是故意找藉口下來的虞夏這樣說著：「如果你們眞的來渡假的話，那告訴我小聿的傷是怎麼回事？」

「呃、這是某種講了無法列入正常邏輯的原因，總之就是一些不可抗力因素，所以才會導致我們在這邊奇妙地相遇……別再打我的頭了，眞的會死人啦！」捂著腦袋跳開，眞的有點發痛的虞因連忙討饒。

看他不像是裝的，虞夏沒好氣地冷哼了聲，「你們跑去別墅了嗎？」

「嗯嗯，那間別墅有點怪怪的……」把遇到的事大致上形容了一下，虞因怎樣想都想不出個所以然，「別墅本身似乎不曾發生過什麼事情，這我就不懂了，那個玩意感覺不是什麼善類，連人都砍的絕對是個凶鬼。」

重點是他還戳了對方的眼睛。

突然察覺到不妙的虞因看了看自己的手，想著該不會因為這樣就被索命了吧？

「這一帶也不曾發生過類似的案件。」稍微打聽過的虞夏這樣告訴他，「現在重點是消失的十九個人，大部分你應該都認識，你想得到他們可能會去哪邊嗎？」

既然人都已經跟來了，虞夏也只好盡可能多問些線索，早日找到那些一夜失蹤的小孩。

「欸……依照阿關那幾個人的死德性，繞完市區之後大概會去另一邊也逛逛吧？我聽計程車司機說那邊有百姓公廟，沒什麼可看性，他們應該會直接回別墅了，畢竟有準備烤肉用具，阿方應該不至於讓一太在別墅裡等太久。」

「有人打電話告訴民宿說他們會晚點回去，所以平常會在傍晚五點多準備好的烤肉用具是在六點半時送過去的，當時出來簽收的是那個叫作一太的學生，隔天民宿的人帶早餐過去時是早上六點半，那時就發現門是打開的，李臨玥那個女孩昏倒在地上。也就是說，案發時間大約是在這十二個小時之間。烤肉用具完全沒有動過，不過一太已經不見了，而李臨玥在屋內，也就表示說他們曾回來過但是還來不及動那些東西就出事了，那麼時間點應該縮短到晚上六點半到十點之間。」盤算著意外發生的可能時間，虞夏邊說邊在隨身的本子上記錄著。

「嗯……依照常理，他們應該是一回來就拆東西準備烤肉了。」也很認同這個時間點的虞因同樣陷入思考。

「重點是十九台腳踏車全不見了，剛剛那個女孩清醒時有跟你說什麼？」轉頭看著旁邊的虞因，剛剛詢問過醫生，不過那時李臨玥音量不大，後面幾句話恐怕只有眼前這傢伙有聽到。雖然感到不爽，但是虞夏還是必須問他。

把李臨玥那些摸不著邊際的話轉述給虞夏聽之後，虞因自己也有點疑惑。

爲什麼是二十個人？

□

翌日，李臨玥依舊沒有清醒。

待小聿睡醒之後，虞因拉著他在附近吃過早餐。

因爲是來這裡協助調查的身分，所以虞夏必須和當地的警局配合活動，離開時只警告他們兩個不要亂來，就匆匆跟著交班員警回去了。

他們當然不會亂來啊。

一定是慢慢來。

喝著米漿，虞因這樣想著。

打著哈欠懶懶地把桌上的燒餅咬下肚，小聿看著坐在對面發呆的人，然後伸手在他面前晃了兩下。

「怎麼了？」回過神，虞因就看見對座的人已經吃飽，然後盯著他幾乎沒碰的早餐，

「呃、抱歉。」

快速解決掉食物之後，他們先回旅館大致梳洗整理一下，接著按著指引到了民宿。

到目前爲止，他們是第一次到這個地方。

還未踏入就已經先注意到依舊停在外面的警車，接著是站在櫃台的虞夏和當地員警，一看到他們兩個，虞夏寒著臉暗暗地對他比了一個抹脖子的動作。

抹了把冷汗，見自家二爸也沒戳破他的意思，虞因咳了兩聲，就假裝是最普通不過的遊客，東張西望地打量著民宿的大廳。

說實話，並沒有什麼太特別的地方，大廳整理得相當乾淨，有兩、三個服務員進進出出整理物品或是引導客人，在櫃台的另外一邊設有休息座位和飲料機、書櫃等基本設施，盡頭是一大幅畫和樓梯，往旁一點則有台電梯。

在他們進來的同時就注意到他們的民宿老闆娘向正在問話的員警們陪笑了一下，便轉由老闆招呼著，往他們走過來。

「不好意思，現在有點不太方便。」有點緊張地微笑，名爲王瑜芬的老闆娘這樣低聲地告訴他們，然後幾個人移到比較旁邊的休息座位去。

「喔，沒關係，只是來打個招呼說我們昨天去過別墅了，今天打算再去百姓公廟那邊走一趟。」發現小聿走到那幅畫前看來看去的，虞因有點漫不經心地這樣告訴老闆娘，「另外想請問一下，別墅之前有發生過什麼事情嗎？」

「咦？沒有耶……剛剛那幾位警察先生也問了類似的事情，不過我們別墅以前從來沒發生過類似的事情，這還是第一次。」說著有點憂心，王瑜芬嘆了口氣：「這要是傳出去，生意都不用做了……最近還是旺季，有的客人似乎已經聽到風聲，開始退房了，如果再找不到那些學生，我們就糟糕了。」

聽著瑣碎的抱怨，虞因有一句沒一句地應著。

因爲還有警察在場，老闆娘也沒多說點什麼，讓他們自己在這邊看看之後，就先回到櫃台去繼續招呼其他人與處理一些客務事項。

看著虞夏等人，大抵知道這個時間點應該問不出什麼之後，虞因就走到畫前拍了還在看畫的小聿，「幹嘛？這幅畫很値錢嗎？」看他在這邊鑑定半天，也不知道有沒看出來這是啥高檔貨。

搖搖頭，再度端詳了畫半晌之後，小聿才跟著他一起走出民宿。

過了早上，空氣重新熾熱了起來。

「哇塞……到底爲什麼一大票人都喜歡來這裡渡假啊……」感受著熱到不行的溫度，虞因有種快死的感覺。

果然人在冷氣房待久了就會變得更不耐熱。

騎著小綿羊看到路邊還可以穿著長袖巡田的阿伯，虞因感覺到自己虛了。

順著道路過了別墅和小樹林，果然他們片刻後就看見了一大片空地，外圍全長滿雜草，也被人扔了不少雜物，接著就是空地末端的百姓公廟以及一座莫名呈現黑色的土戲台了。

停下車後，沒看見什麼怪異事物的虞因張望了下，雖然百姓公廟四周被整理得頗爲乾淨，但是卻不見有什麼人。

所以應該是附近的居民輪流打掃嗎？

跳下了機車，小聿把大帽子戴上遮住了刺眼的陽光，好奇地在黑色土台旁走來走去。

「啊咧？你沒有看過這個東西嗎？」看他像是在看什麼有趣東西的表情，虞因也靠了過去，「這是水泥戲台吧，聽說早期沒有這個，那時候的戲班都會自己載台子來搭棚，這個好像是比較後期才做的，我們那附近的土地公廟也有，不過這裡的怎麼會是黑色的……？」沒看過有人把土戲台做成黑的，他皺起眉思索著。

用指甲刮著黑色的土台，小聿湊近看看被自己刮下來的灰土，塞到虞因面前，突然開口相當小聲地說了：「失火……燒壞的痕跡……」

「咦？」先是錯愕於他突然開口，幾秒後跟著靠過去看，虞因才發現這個顏色眞的是後來才出現的，分布不怎樣均勻的黑和一些斑剝的痕跡，顯示出這裡曾經發生過事故，但是就不曉得是怎樣的狀況才會將整座土台給燒成這副德性。

靠近了才發現，雖然外面的太陽大到幾乎咬人，但是土台裡像是照不進陽光一樣，狹小的空間幾乎黑不見物，隱約只能注意到裡面似乎堆了不少廢棄雜物。

「娃娃。」拾起扔在地上的木偶，小聿轉回去對他說著。

「這是布袋戲偶，你以前沒見過嗎？」看著搖頭的男孩，虞因嘆了口氣。也不知道他之前家庭狀況到底怎樣，居然連這種東西都不曉得。

「……不同嗎？」拿著東西出了土台，小聿對著陽光打量有點怪異的損偶。

在接觸到陽光的那瞬間，虞因似乎看見了某種怪異的黑色影子在陽光下消失，然後破損的戲偶發出了異樣聲音，突然碎開了。

看著從手中破散掉落在地上的殘片，小聿拍拍手掌，把殘餘的碎屑給拍乾淨。

「聽說這個滿陰的，不要再撿了。」抬起頭時，虞因見到一個身影緩緩地消失在土台下的黑色空間。

「嗯。」點點頭，小聿拍了拍他的手臂，「這個。」

順著指引往下看，虞因發現地面上有不少腳踏車的痕跡，「欸？看來阿關他們眞的有來過這邊。」痕跡看來應該是這幾天留下來的，雖然大部分已經有點模糊，但是拜這個地方少有人來之賜，倒是多少能分辨得出來。

所以，能夠確定那票人眞的是不怕死地跑來這裡玩一圈了。

「欸，多說幾句？」推了推旁邊的小聿，難得讓他吐出話的虞因這樣講著。

看了他一眼，低下頭盯著那些痕跡，小聿再度沉默了。

□

「這裡以前發生過大火。」

回過頭時，虞因看見虞夏和一名當地員警站在稍後方的位置，「大約十五年前，這裡有個布袋戲班受邀來演出三天，結果第二天發生了大火，燒死了二十一個人。」

「欸？二十一個？」聽到有點相近的敏感數字，虞因挑起眉。

「虞警官，這位是……」

「那兩個都是我兒子，大的那個剛好是那票失蹤學生的同學。」回答了員警的疑惑，虞夏瞪了還是跑來湊熱鬧的那傢伙一眼。

「原來如此，我還以為是虞警官的兄弟，不過你怎麼快比自己的兒子年輕了啊，剛來報到時我們還以為是新來的警校實習生。」

虞因覺得那時候他二爸沒有一拳打上去，大概是因為對方笑得很親切外加上不知者無罪吧。

似乎覺得都是自己人，那名親切的陪同員警也沒有什麼避諱地告訴他們：「是啊，其實那時我也還是個國中生，這件事情在我們這一帶鬧得不小，幾乎大部分人都曉得。這座百姓公廟有一段時間其實滿風光的，半夜裡有很多奇奇怪怪的人來這裡求明牌，之後因為大家樂逐漸沒落才荒廢掉，不過後來又流行地下簽牌，半夜多少還是有人會跑來。聽說當時有人一口氣中了不少錢，又曾經向百姓公允諾回報，所以請了戲班連續三天來搬戲，但是第二天晚上才演到一半時，不曉得為什麼戲台突然燒起大火，火勢迅速擴大，裡面的人來不及逃生、加上另外搭起的棚子倒掉困住出路，所以整個戲班二十二個人只有一個人活著……當時他剛好跑腿去買飲料所以躲過一劫。」

頓了頓，穿著便服的警員環顧了四周，「這大片空地原本一大半是有人要捐錢給百姓公廟加蓋的，發生事情之後也不蓋了，就變成你現在看見的這樣了。」

「你知道的眞清楚。」看著暫時的搭檔，虞夏所知倒是沒這麼深入，失火那一段是因爲昨天聽虞因說「二十個人」之後才借用地方警局調資料得知的。

露出有點羞赧的笑容，警員抓抓頭說：「沒啦，其實那時候我跟朋友偷偷摸來看夜戲……當時年輕也不忌諱，後來被大人罵得臭頭。不過失火那時我也有幫忙救火，和我一起來的就是醫院裡那個夜班醫生，以前都是鄰居，那時候他也還不是醫生。不過我印象中那時他好像還帶了個朋友吧？因爲不熟也忘了是哪位，總之就是大人發現時火勢已經燒得很旺了。我在旁邊看到他們一直把燒得焦黑的人給拖出來，有的身上還燒著火，發出……味道，也只記得這些，還有醫生跟他朋友幫忙做急救的事情而已。」

看著黑色的土戲台，虞因多少可以想像當時的景象。

能夠把戲台毀成這樣的熊熊火勢，想必那一夜就像地獄一樣吧？

演戲的人下一秒在百姓公前眞正地演出了煉獄，那種畫面是怎樣都不想看見的。

「你說唯一活著的那個是……？」注意到有個活口，虞夏問道。

「喔，就是民宿的老闆啊，叫作謝清海，他後來娶了老里長伯的女兒，兩個人拿了一大筆錢開了民宿，里長伯過身後遺產中還留著些田地，後來就蓋成了別墅。」偏著頭看看眼前父子三人，員警有點疑惑：「這跟失蹤案有關係嗎？」

「是沒有關係，只是同樣都是命案，職業病而已。」虞夏隨口應著：「對了，你就當我好奇隨便問問吧，你說失火那晚你跟另外兩個人都去看了夜戲，有沒有什麼奇怪的地方？」

員警搖搖頭，「大概就是那天我們不小心撞到發電機，被罵得很慘吧？」

「了解。」

點點頭，虞夏轉回過身，「還有，阿因你們兩個不要再給我亂跑亂竄！回去旅館渡你的假！再被我撞到一次我就修理你到死！」

「呃……」這有點難。

「欸，大家有話好好說嘛。」在中間緩頰的員警遞給虞因一張紙片，「目前我們著重尋找失蹤的那十九個人，既然虞同學也認識他們，如果有什麼消息也請立即通知我們。」

看著卡片上寫著員警的名字和手機，虞因點點頭，收下了。

招呼了幾句之後，似乎還急著要去別的地方的虞夏又惡狠狠地警告了他們幾句不要亂跑，才跟著當地員警離開。

「看來這邊應該也沒什麼特別的，我們再去民宿那邊看看吧。」發動了小綿羊，虞因最後一次回頭看了土戲台一眼。

幽暗的空間裡慢慢地伸出了一隻焦黑的手，緩緩地對他們招了招。

決定當作什麼也沒看見的虞因催快小綿羊油門跑掉了。

在他們拋到身後的地方，那隻手依舊慢慢地招著……

「火災？」

在警察離開民宿之後，虞因兩人再度前去時，老闆與老闆娘把事務交代了員工，領著他們在後面的餐廳坐了下來。

「嗯，剛剛聽當地人說的，聽說十幾年前百姓公廟發生火災時，老闆是團裡唯一不在現場的人。」把玩著咖啡杯，虞因邊注意著對方的反應。

對畫很有興趣的小聿沒加入話題，自個兒又回到前方大廳去看那幅大型圖畫。

其實虞因看不出那幅畫哪裡特別，和外面地攤常見的複製畫差不多，只是尺寸大了點，不過難得小聿有興趣就隨便他了。他想說不定是因為小聿長期被關在家裡很少和外界接觸才會有那種反應吧？

兩夫妻對看了一眼，老闆才點點頭說：「的確是這樣沒錯。我是布袋戲班團主的姪子，父母死早，所以就跟在團主邊學手藝，不過因為輩分小得從雜務做起。那天就和平常一樣跑腿去幫大家買飲料，沒想到回來就已經失火了，根本來不及進去，團主他們全都沒有逃出來，就這樣活活被燒死在戲台裡，這已經是很久之前的事情了……」

「還真是剛好……」聽不出哪裡可疑的虞因再度問著：「所以老闆娘也是團裡的人？」

「不是，我是本地里長的女兒，以前在外地讀書時就跟他認識，後來因爲地方上有一些活動會邀請他們團來，所以才開始交往。」

聽著已經知道的事情，虞因確定他們應該是沒有說謊。

「這有什麼好奇怪的嗎？」沒好氣地粗著聲音，顯然對於這種問話有點不太高興的老闆看著他說：「你走在路上隨便問在地人都曉得，有必要特別跑回來問我們嗎？你是覺得失蹤的那批學生和我們有什麼關係是不是！」

對於老闆突然暴怒，虞因雖然有點意外，不過連忙和聲回應：「我並沒有這個意思，不過今天去過廟之後，我想我那些同學應該也去過那邊，所以才想問問那邊是不是發生過什麼事和一些細節而已。」

「他們去過那邊？」老闆娘也意外了。

「……對。」依照那群人狗不改吃屎的本性，虞因有百分之百的把握確定他們去過。

「那座百姓公廟一向很陰，不過很多人說在那裡求的牌易中，所以簽賭最盛的時期還有不同戲班接場連續唱了半個多月的戲，連脫衣舞的都有。火災之後就沒了，也不太出明牌了，現在只有不怕死的人才去。」頓了頓，老闆娘有點皺起眉，「那裡太不乾淨了，聽說有鬼，所以本地人都沒人敢去。」

很想告訴他們別墅裡才有鬼的虞因硬是忍了下來。

如果是百姓公廟有問題，說不定是那群人把東西帶回別墅的也說不定，不然爲什麼別墅之前都沒發生過事情。

這樣想著，他覺得還是有必要再去百姓公廟那邊找找看，說不定能找出點什麼線索來。

「所以你問夠了沒？」擺明了相當不高興的老闆沒有給他好臉色看。

「好吧……請問你們有什麼特別的面具嗎？還是這一帶有在賣面具？」其實只是隨口問問，但是在一問之後虞因立刻發現老闆和老闆娘的臉同時變了。

「爲什麼這樣問？」語氣有點僵硬，老闆娘錯愕地看著他。

「沒什麼，只是隨便問問，想買個東西回去給我朋友當紀念品而已。」看他們一臉不相信的樣子，虞因補充道：「他是個面具收集狂。」

像是鬆了口氣，老闆娘搖搖頭：「這裡沒有賣那種東西，不過你可以去夜市看看，只是都是些很普通、騙小孩的那種面具，沒有到可以收集的程度。」

「好吧，謝謝你們。」

語畢，虞因站起身來，邊盤算著邊走出了民宿前大廳。

不知道到底在看什麼的小聿蹲在畫前，原本看起來就不怎樣高大的身體這樣一縮，配上草帽，遠遠看起來還眞像個小孩子。

「你在幹啥？」

走到畫前，虞因再度打量起這幅完全不特別的大圖，只不過畫著鄉村風景的油畫而已，也不是啥名家手筆，仔細一看還會覺得有點粗糙。

抬起頭，小聿在畫底下抽了兩、三下，不曉得有什麼東西被壓在畫下面。

左右張望，見服務人員沒有在注意他們，虞因幫忙用力把畫給抬了抬，那張東西就被抽了出來。

拉著小聿到角落去，兩人才看清楚那是張相片，大概是因爲長期壓在畫下，已經稍微有點變形了，不過大致上看得出來是三個人的合照。

其中兩人就是剛剛還在對話的民宿老闆夫妻，另外一個在中間的是個坐著的小女孩，頂多六、七歲，看起來相當可愛，穿著當時應該不太便宜的蓬裙花洋裝，露出了甜甜的笑容，右頰上還有個小酒窩。

看起來似乎是一家三口的家庭合照，背景就在那棟別墅大門前，門是開著的，裡面一片黑暗，大概是剛落成時照的相片，房子非常新。

所以他們的確原本是要住進去？

聯想起計程車司機的話，但是後來他們並沒有住進去，幾年前改成現在的樣子。

抓抓頭，還是聯繫不起來有啥相關的虞因把相片塞回小聿的手上，隨手抓了個路過的服務人員，「不好意思，請問一下，你們老闆有小孩嗎？」

被抓住的服務人員有點莫名其妙，不過還是點了頭：「有啊，不過聽說有病，送到花蓮靜養了。」

道了謝之後，虞因和小聿收好相片，走出了民宿。

看著午後已經稍減灼人程度的艷陽，小聿偏著頭望他，似乎想問接下來要去哪邊。

「先回旅館好了……」

正這樣決定的時候，突然有人叫住他們了。

□

「欸？你們不是昨天那對兄弟嗎？」停下腳踏車，昨晚在急診室的醫生對他們揮揮手，「原來你們住在這裡喔？」

迎了上去，虞因搖搖頭：「我們住在附近的旅館，只是來這邊找人而已。剛剛聽人家說了些和醫生有關的事情，可以聊一下嗎？」

「跟我？」

遞出了那張警察給的聯絡紙片，虞因露出了友善的笑容：「季先生早些時間和我們說起十幾年前的百姓公廟火災時您也在場。」

看著寫有「季有倫」名字的紙片時，醫生點點頭，「是啊，我們從小就認識了，他是我鄰居的小弟，後來當了警察我也滿驚訝的。」

「咦？他人還不錯啊，怎麼這樣說？」看到醫生有點失笑的表情，虞因左右張望了下，一群人就移到附近的7-11在店外提供的休息座位聊了起來。

「阿季以前的個性很衝，跟幾個同年紀的小孩結黨，聽說也常打架，沒事會向人勒索，父母還滿頭痛的。因爲我年紀比他大、又是鄰居，所以他父母拜託我沒事要多關照他一點。後來有天晚上我有個朋友來，他跑來說要去找布袋戲班算帳，仔細一問才知道好像是他不小心撞到戲班的東西，被痛罵了一頓，所以不爽想要去修理他們。他不肯打消念頭怎麼說都勸不動。我和朋友商量了一下，朋友就說對夜戲很有興趣，要阿季帶我們一起去看，沒想到後來就發生大火了，整個戲班的人幾乎都被燒死……那時候我和我朋友怎樣做急救都沒用，想起來都覺得可怕。」坐在椅子上眺望著田野，醫生淡淡地嘆了口氣，「命啊，就是那麼回事，後來阿季就突然收心了，再來就考上警專，沒多久就回來地方上幫忙了。」

轉回過頭，他衝著虞因笑了一下，「其實如果你想知道什麼可以去這邊的圖書館查查看，我記得戲班這件事有上報，新聞也不小應該可以找到他們的資料。那個戲班好像是全家都帶上了，還有幾個師傅、學徒啥的，人數不少，算是大事，但是刊報後卻沒人來認屍，地方上只好出了錢把他們都埋在百姓公廟那邊了。」

「埋在那邊？」虞因愣了下，印象中沒看到有啥墳墓，訝異地看著他。

「那後面是一大片亂葬崗啊，早先時候無名屍都嘛埋在那裡，後來發草都蓋住了，仔細看應該可以找到。」醫生聳聳肩，「現在沒了，不過聽說那裡從很早之前就是亂葬崗了，可能還有古代墳墓吧。」

點點頭，虞因接過了小聿買回來的飲料，和醫生一起打開、喝著，「對了，你那個朋友也是在地人嗎？」

「喔、沒有，他是外地人，以前暑假在夏令營認識的。聽說不久之前從國外回來工作一段時間，就調到中部那邊當法醫，前不久才剛通過電話。」

聽到這裡，虞因差點一口飲料噴出來。

世界沒這麼小世界沒這麼小吧……

他努力地在腦袋中自我催眠，然後抱著一點點的希望看向醫生：「可以請教一下那位的名字嗎？」

很豪爽地點點頭，完全不覺得有異的醫生說出了讓他想吐血的名字，「叫嚴司，是個還算不錯的人……大概吧。」

虞因哀號了一聲，幾乎想趴在桌上痛哭了。

他鬼打牆地兜了一圈，結果原來自己認識的人就知道內幕！

剛坐下來的小聿聽著對話，突然笑了。

「有什麼好笑！」先罵過之後才意識到他在笑的虞因愣了愣。

不知道爲什麼還是覺得很想笑的小聿捂著嘴巴，過了兩、三秒才慢慢地停止下來。

看在他難得出現的笑容份上，虞因決定不追究剛剛被笑的事。

「你們認識他嗎？」等兩人的騷動平息之後，醫生才發問。

搔搔頭，虞因想了一下，「見過幾次面，但是說熟又不算熟。」說眞的他也不曉得他們算什麼交情，說很熟又不到那種程度，說不熟好像又有點怪怪的。

半生不熟？

「嗯，他朋友滿多的，我也不太驚訝。」看了下手錶，醫生站起身，「不好意思，我値班時間快到了，就先這樣。」

「啊，謝謝你。」

和醫生道別之後，虞因看著手上新拿到的名片。

「我們去翻一下以前的舊報紙吧。」

他這樣告訴小聿。

□

微微打了個哈欠。

傍晚的時間，難得可以提早離開的嚴司拿出了正發出怪聲的手機，「被圍毆的同學，心情那麼好打電話找我聊天幹啥？」

夾著資料，他站在工作室外的路邊等待著。

昨天他的車被拖去做採證了，所以正等著司機載他回去。

電話那頭傳來個名字，他笑了一下，「阿伯我認識啊，鄭全柏嘛，你在醫院遇到他啊？」看見了黑色的車，他連忙招了招手，對方直接在旁邊停下來。

那是台不怎樣顯眼的黑色國產車，窗戶降下後，裡面的黎子泓疑惑地看著他。

做了個沒事的手勢後，嚴司逕自鑽進副駕駛座上，「不是啦，他不是我的同學……要死了，十五年前我也才國小好不好，是在暑期夏令營認識的。」

看了旁邊的駕駛一眼，他將手機改成擴音，放在車架上，虞因的聲音就從手機裡傳來。

「難怪，我就覺得年紀有點搭不上來。」

「廢話，阿伯大了我好幾歲，他那時候是高中生啊，都要聯考了。」環著手，難得有人接送的嚴司心情滿好地任對方發問，「你說的那場火災我知道啊，印象中發生在我下南部找阿伯那幾天，他隔壁有個白目的國中生發狠說要去打戲班，所以我們才去看了那場夜戲，不過看到一半時突然失火了。現在回想起來那時火勢蔓延很快，雖然說搭架的材料幾乎都是易燃物，但是沒有幾分鐘現場就整個陷入了火海。」

「咦？所以人才逃不出來嗎？」手機那端傳來了翻動紙張的聲音。

「主要是因為土台上另外搭的架子突然塌了，把出入口擋住，但是那時候衝出來的人身上已經著火了。」微微瞇起眼睛，嚴司回憶著其實已經有點淡去的記憶。

「有助燃物嗎？」坐在旁邊的黎子泓冷不防地開口，「這種情況可能是因為裡面有某種助燃物，才會造成火勢一發不可收拾。」

「黎、黎大哥。」顯然被嚇了一跳的虞因頓了一下，翻動聲又響起：「沒耶，報紙上只有寫是意外，似乎是發電機著火，所以直接以意外做結。」

「啊，當時是有聞到汽油味。」嚴司擊了下掌，想起這回事。

「發電機嗎？」

「不對耶，我印象中是一直都聞到那味道，發電機有點遠、當晚又有風，而且其實火災發生時發電機都還在運作著，燒到一半才爆掉，但是在那之前就已經起火了。」看著旁邊逐漸超過他們的車輛，嚴司這樣答覆：「不過我的記憶大概也不太準吧，已經是很久之前的事情了。」

「好吧，謝謝你，我會再去戲台那邊看看。」虞因的聲音有點無奈。

「被圍毆的同學，你怎麼突然問起這件事情？和你同學的事件有關係嗎？」被他問得也有點好奇了，嚴司追問著。

「我想多多少少應該是有，所以乾脆從最早的事件開始查，不過這也眞慘，燒死二十一個人……」

嚴司勾起笑，然後涼涼地說：「你看錯了吧，應該是二十個。」

手機那端沉默了很久很久，虞因才用一種不確定的聲音開口：「嚴司大哥，是你記錯吧？我這邊聽到的是二十一個人。」

「……奇怪了，那天晚上我在那邊幫忙急救時的確數過，只有二十個人喔，我想大概是那時候大家都很慌張，又急著處理，所以寫錯了吧。」想了一下，嚴司再度告訴對方：「我很確定我沒有記錯，應該是那時候他們沒有注意到，只看見一個活口就以為其他二十一個人都死了，你再去問問阿伯是誰說二十一個人的。」

「我知道了，謝謝你啊！」

手機那端突然被掛斷了，顯然虞因急著離開。

盯著手機半晌，嚴司才將手機關上。

車輛再度停在紅綠燈前，黎子泓轉過來看他，問道：「你這麼確定人數沒錯？」

淡淡地微笑了，看著認識多年的朋友，嚴司這樣告訴他：「當你面對二十個被燒得幾乎面目全非的人，幫他們做著急救卻只能眼睜睜看著他們扭曲著身體慢慢斷氣時，就不會錯了。」

相當能體會那種心情的司機點點頭，像是要扯開沉重話題一樣，他隨口問了，「你那時才國小就會急救了？」眞是厲害的小學生。

「不瞞您說，我打小就想當個醫生咧。」嘿嘿地笑了起來，不知道是說眞的還是說假的，嚴司一反剛剛的正經，「因為我媽說當醫生才賺得多啊，另外就是我家裡的人大部分都是做醫的吧，所以有空就會去學。」

無法辨認他話語的真偽，也懶得去琢磨，黎子泓重新把注意力放在駕駛上。

「既然你都問了，難道你小時候沒志願嗎？說來聽聽吧？」基本上也只是在閒聊，嚴司想起來之前當室友時他們從未談過這類的話題，「我的心願，寫在作文簿上的那種。」

「……」

「該不會是當總統吧？」國小時幾乎一大半人都會這樣寫，不然就是當太空人。「啊，還是要當爸爸之類的？」下面那句好像是接保護家庭跟媽媽，其實也算是很實際的心願啦。

冷冷看了越扯越遠的傢伙一眼，黎子泓才徐徐地吐實：「蝙蝠俠。」

旁邊的人果然爆出大笑。

那時候黎子泓以為身旁的那傢伙是在嘲笑他。

過了有段時間之後，他才偶然得知這天身旁的這傢伙到底在笑什麼。

他小時候填的根本不是什麼醫生，也不是法醫。

而是Scarecrow。

但是，此刻的他並不知道這件事情。

在得來速點了兩杯飲料之後，他便往嚴司住所的方向開過去。

「對了，還沒抓到那個人嗎？」嚴司說的是昨天晚上對他愛車開槍，害他車子被拖走沒得用的那傢伙。

搖了搖頭，包圍網來得太慢，讓對方逃逸了。

「我剛剛要那些人不用跟在後面，才花了點時間。」指了指後方，黎子泓這樣告訴他。

被他一講，嚴司才注意到後面其實一直有車跟著他們，車上的人還是局裡的熟面孔，

「拜託，人家是在保護你耶。」

「……沒必要，對方只是想教訓我而已，現在驚動了警方，應該已經躲起來了，短時間不會再來找我麻煩。」敲了敲車窗，他難得勾起淡淡的微笑：「所以我才沒有去換防彈玻璃。」

「欸，好歹防彈玻璃也眞的有派上用場好不好。」

「你到底是基於什麼前提下裝防彈玻璃？」他眞的對此相當好奇。

嚴司看了他一眼，「個人興趣。」

這次黎子泓眞的沉默了。

□

「阿司說是二十個？」

聽到這件消息時，虞夏有點意外。

搜索一整天後依然沒有任何進展，晚上回到旅館要休息時，虞因就拿著影印的報紙過來了，報紙上列出戲班所有人的相片並呼籲其他親人來認屍，他特地把相片放大了。「嗯，嚴司大哥說是二十個，不是二十一個，但是報紙上也是寫二十一個耶。我後來再去找那位醫生問，他說其實他也不是很確定，但是下葬時的確是二十一具棺材，新聞記者也是看完之後才發新聞稿，所以應該不會有錯，幾個當地人也都說二十一個。」

支著下顎，虞夏瞇起眼，「你有沒有聽過一種狀況。」

「什麼？」

看著自家兩個小孩，虞夏邊翻著報紙記著人像邊說著：「一開始算橘子時，是五個，後來有人聽成五十個，於是大家都說五十個，過了幾年之後全部的人都只知道是五十個，所以記憶就被修正了。」

「所以你說其實死橘子應該有二十……唉呦，死掉的人應該是二十個而不是二十一個？」看著報紙上的人數，虞因有點毛。

「不，我只是指有這種狀況，當年如果真的是二十人，那多出來的那個人爲什麼不見了？照理來說，發生這麼大的事情應該會被救出來、或者回家，但是那個人就消失了，所以也有可能是阿司眞的記錯了。」指著報紙上的另一張相片，那是張排滿棺材的照片，「何況相片上也是二十一具，不過如果眞的有問題，應該也和這次的事件沒啥相關。」

歪著頭想了半晌，虞因嘆了口氣。

其實他也不知道到底有沒有關聯，只是隱約覺得有某處不對勁。

「不過這個戲班也眞慘，團主和兒子一起被燒死。」指著放在最前面的兩張，虞因這樣說著，那兩人長得有點像，其中比較小的那個人名字旁邊被標上（十五）這樣的歲數，團主則是四十多歲。當時的報紙已經是彩色印刷了，所以看得出父子倆有點像。

就在兩人專注於相片上時，站在一旁的小聿看著旁邊的電子鐘，突然拍了虞因一下。

「喔喔，對，我們要先出去啦，二爸……」注意到時間，馬上從位置上跳起來，虞因連忙拿了自己的外套要往外走。

「站住。」皺起眉，虞夏喊住他們：「大半夜的是要跑哪裡死！」

嘿嘿笑了兩聲，倒退到門口時虞因才講出了自己的B計畫：「就……因爲怎樣查都沒頭緒啊，所以我想租腳踏車，從別墅出發到百姓公廟那邊再回來，順著阿關他們走過的路看看會不會發現什麼咩。」

他沒說出口的是，眞的要有「什麼」，晚上也比較容易遇到，所以就敲定這個時間點。

「我有叫小聿不要跟了，他死要跟我也沒辦法。」這點虞因倒是沒有說謊。他原本要小聿在旅館等消息，他自己出門，不過這傢伙說什麼就是要黏過來。

虞夏站起身。

就在虞因以爲又要被揍的那秒，他聽到：「我也一起去。」

「咦？」有點錯愕地看著他家向來拳頭比較快的二爸，虞因還以爲自己幻聽了。

「與其讓你們兩個又去搞到頭破血流回來，不如我也一起去，如果只有你們兩個就不准去。」擺明了拒絕就會不得好死的態度，虞夏勾起了讓人毛骨悚然的微笑這樣說著。

吞了吞口水，虞因連寒毛都豎起來了，「我去加租車。」

人要能屈能伸，但是現在不是伸的時候，一伸絕對會被折爛，所以他只好選擇當屈的那個。做人還是顧好自己性命比較重要……

也就是如此，所以大約十分鐘後從旅館出發的腳踏車隊是一行三台。

夜間的小路不知爲何蒙著一層淡淡的黑色霧氣。

在路燈的照射下，小路似乎變得有點悠遠，剛開始在路上還會遇到兩、三個人，但是在繞過小林子之後就再也沒有路人了。這種夜晚時刻，找熱鬧的遊客幾乎都往市區去了，不太有人會和他們這樣往不該走的地方去。

已經很久不曾這樣悠閒地騎腳踏車了，虞夏稍微放鬆了自己，跟在另外兩個人的後面慢慢朝著白天才去過的地方去。

車速並不快，到達目的地時其實已經過了段時間。

一停下車，還未走近，虞因馬上就注意到百姓公廟四周有不少黑影，似乎是很多人在陰影的那端兜著圈子，搖搖晃晃地模糊成一片，也不曉得是什麼東西。

虞夏一巴掌拍在他背上時，虞因才注意到自己已經出了一身冷汗了，「眞的要去嗎？」那種東西不是沒看過，但是還是第一次看到這麼詭異的。

「廢話，不然你來幹嘛！」白了他一眼，壓根不覺得有什麼好害怕的虞夏直接踏進百姓公的土地上，後面的小聿縮著身體，抓著虞夏的背後跟著進去了。

再度看了四周，虞因突然覺得自己的這個計畫不怎麼好，但是也只好硬著頭皮往黑色的土戲台移動。

就和白天一樣，黑色的戲台紋風不動。

但是夜晚似乎爲它添染了更加詭譎的氣氛，不用走進去就讓人感覺發毛。

從背包裡拿出事先準備的手電筒，虞夏拍了兩下，直接往戲台下面照。

那一秒，虞因看見很多臉色發黑的人蹲在裡面，用有點泛青的眼睛同時抬起頭看他們，人數很多，全部擠在一起，某種帶著汽油與不明物體燒焦的臭氣直接衝進他的鼻子裡。

他叫了一聲，反射性地退開。

「叫屁！」被他嚇了一大跳的虞夏轉過頭，聲音也大了起來。

「裡面——」停下聲音，再度看進去時裡面已經什麼都沒有了。虞因咳了兩、三聲，連忙讓自己先穩定下來，「有東西。」而且還是好大一票。

「廢話。」看著內部空間滿地的殘偶，虞夏啐了聲，然後踏進去。

相較於毫不忌諱就往內衝的大人，難得不怎樣想進去的小聿和虞因互望了一下，直到先進去的虞夏開始翻東西，他們才頂著發麻的腦袋跟進去。

套著手套大致上把地面上的雜物都翻過，過了一會兒沒有發現什麼值得注意的東西之後，虞夏才停止動作。

大多都是火災後的殘物而已，有些則是垃圾，看來有人把這裡當成丟垃圾的地方，飲料罐零食包啥的也不少。

看著滿地雜物，雖然大致上仍可分辨，但畢竟不是鑑識出身的虞夏也只能確定這邊的確發生過嚴重火災，其他的因爲年代久遠，也難以進一步弄清了。

「二爸，你不覺得這裡面有點冷嗎？」進來之後就沒再看到什麼東西，但是覺得裡面已經冷得有點像冷藏室的虞因把外套塞給旁邊已經開始抱手的小聿。

「有點。」也注意到溫度在下降的虞夏點點頭。

又看了下整個黑色空間，沒找到什麼的虞夏轉過身，「先到別墅那邊去吧，這裡看不出所以然。」按照虞因的計畫，接下來應該去那群人住的地方調查了。

點點頭，在踏出戲台下方的那瞬間，氣溫又突然整個拉高。剛剛才覺得有點冷的虞因一下子感到四周好像熱了起來。

不過只想快點離開這邊的他也沒有去想溫差問題，反正很陰的地方總是會比較涼，也不是啥稀奇的事情了。

踏上了腳踏車之後，他們掉頭往別墅的方向出發。

上路還不到五分鐘，虞因就發現異處了。

在三台腳踏車的側邊，隱隱約約多了第四台。

同樣注意到異樣的小聿動了一下，然後下意識地將車偏開一點。

「二爸……」瞥見最靠近的虞夏一點反應都沒有，虞因發出微弱的哀號。

虞夏幾乎是在察覺到多了東西的瞬間便猛地停下車，拔出隨身配槍指向多出來的那東西，但一眨眼，他們看見的只有無限空曠的田野，壓根沒有所謂的「第四台」。

「奇怪。」虞夏瞇起眼睛，不死心地又轉頭看了幾次，那東西真的完完全全消失了。

如果說是一個人的錯覺就算了，但是三個人同時都看見就肯定是有東西。

晚了幾秒才停下來的虞因和小聿也連忙往後退回來，「不見了。」察覺不到那玩意，虞因才鬆了口氣。看來應該是被二爸嚇跑的，畢竟槍和警察的煞氣重……不過話說回來，他們跑來這邊本來就是要看看能不能引出什麼，現在被趕跑了還找得到嗎？

發覺了這點之後，虞因抓抓頭，也不知道該怎麼辦。

沒再發現其他不對勁的事情，虞夏把槍收回，然後朝著較前方的兩人抬抬下巴，「繼續走吧。」

於是他們重新騎上腳踏車，向別墅前進。

不久之後，黑色的別墅再度出現在三人面前，就像初次來時一樣，整棟別墅給人感覺非常深沉，像是不存在這裡一樣。

但是和前一次不同的是，別墅前方站了一個人，單薄的身影像要被黑暗吞噬般地薄弱。

虞因馬上就知道這是誰。「妳爲什麼在這裡？」他直接跳下車拽住了有點恍惚的李臨玥，後者在看見他之後，莫名地勾起了淡淡的笑容。

「回來。」轉向了黑色的別墅，李臨玥抬起頭看著上面，「回來這裡。」

注意到她身上還穿著醫院的病人服，以及手上注射點滴的針孔冒著血，虞夏走了過去，「妳從醫院裡跑出來？」

並沒有搭理虞夏的問話，李臨玥揮開了旁人的手，搖搖晃晃地踏上了別墅階梯。就在她停下的那瞬間，別墅大門的另一端發出了輕微的聲響，然後緩緩地向後打開了一條細縫。

絲毫不覺得意外，表情上也沒什麼變化的李臨玥推開了大門，輕輕地哼著不知名的歌踏進玄關。

三人對看了一眼，決定暫時先靜觀其變的虞因率先跟了上去，然後才是虞夏和小聿。

房子裡安靜無聲，只聽見走在最前面的人嘴裡輕哼著歌，她毫不猶豫打開了燈，接著直接上了樓。

再度進入別墅，虞因下意識看了一下那間有問題的雙人房，一望去，他整個人便呆了幾秒，別說是破洞，連螞蟻洞都沒看見。

民宿的人來修補過？

這個疑問只在他心裡停留了短暫幾秒，接著他追著李臨玥的腳步上樓，然後在四樓房間前停下。

每個房間裡都還留有學生們帶來的物品，大多是衣物一類。

看起來不像是回來拿東西的李臨玥只是淡淡地看了某間房一眼之後便踏了進去，然後打開了經過防雨處理的木格窗。

那一秒，虞因突然知道她是回來幹什麼的，因為她的動作太過自然，好像這是原本就應該做的事情，所以才讓他錯過了關鍵時間。

「停下來！」

在她赤著腳踏上窗戶的同時，跟在後面的虞因也撲上去抓住了直接向前倒的友人。差點被墜勢向前扯的虞因重重撞上窗格，難以形容的劇痛直接從肩膀上炸開，害他有那麼一秒幾乎就要鬆手。

李臨玥半個人已經懸在空中，上半身則被扯在窗戶外的土牆上，她轉過頭，猛然朝著虞因一笑，「還有你。」

沒反應過來她在說什麼，突然有點恍神的虞因只感覺到身後一冷，有人重重地從他的背後推人。

完全失去重心的虞因還未回神過來，人就跟著往外面摔，接著某種力量從身後把他拽住。「你們兩個在搞什麼鬼啊！」

暴喝直接從他後面傳來。

「給我抓好！」因爲察看其他樓層而晚了一步上來的虞夏，一踏進來，就看到兩個抓在一起要跳樓的小孩，他反射性就搶前抓住了往外摔的虞因：「阿因！不要放手！」

被喝聲給驚回神的虞因現在才察覺他們的狀況有多危險。

被他抱住上半身的李臨玥基本上已經整個人都在半空中了，而他自己剩下個屁股和腳在窗戶裡面，也好不到哪裡，拉著他的虞夏則是一手環著腰一手由後拽住他的肩膀不讓他們再往下滑。

「二、二爸！」這下眞的被嚇到了，虞因連忙喊了後面抓著他們的人。

「閉嘴！」因爲下墜重量不小，虞夏皺起眉低吼：「給我閉嘴抓好人！等等你就該死了！小聿，快點去找找看有沒有繩子！」剛剛那下重重地扯到他的手，現在有點脫力，只能勉強先維持這種姿勢。

點了點頭，小聿連忙跑出房間。

但是才踏出腳步，他突然倒退走回來了。

一開始還不知道他怎麼了，但是又聽見某個輕微的腳步聲從房外傳來，虞夏的臉色都變了。

回過頭，他看見一個戴著奇異面具的人站在門口，手上還帶著染血的尖刀。

□

沒注意到後面動靜的虞因也呆了。

被他抱住的李臨玥不知道爲什麼笑個不停，整個人顯然變成了失神的怪異狀態。但是讓他驚嚇的倒不是這件事，而是在摔下來之後，他看見別墅前面的空地上站滿了人……密密麻麻一大堆的人，幾乎大半是熟面孔。

他們怎樣都找不到的阿方、阿關這些人全部都在下面，臉上木無表情地拉長了脖子仰望上方，像是冷漠地看著與自己絲毫不相關的事情。

接著他注意到了，另外那一半全都是黑色的影子，帶著泛青的目光同樣盯著他們。

虞因怎樣都很難把這當作正常的畫面。

「下去吧？」停止了笑，李臨玥抱著他的脖子，突然開始掙扎起來。

震驚後回過神，虞因更用力地抓緊人，「不要亂動啦！」這下去絕對不會有沒命以外的結局！

他根本無法辨認下面那些熟面孔到底是活的還是死的，他們不像活生生的人，而像一整排動作整齊的假人站在那裡看他們表演。

「下去吧。」一反剛剛恍惚的神色，表情突然結冰的李臨玥猛地一巴掌襲向他的脖子，銳利的指甲毫不留情直接在虞因的脖子上刮下了五道血痕，力道之強幾乎要刮下層皮。「下去吧。」她重複同樣的話，然後再度用力抓了環住她的人。

差點沒痛到噴淚的虞因很快地閃躲第三擊，「別鬧了！」他都看到自己的血滴在李臨玥樸素的衣服上面了。

越過她的肩膀，虞因驚悚地看見了下面那排人伸出了手，對他們輕輕地招動著，像是在叫他們下去似的，那動作規律得幾乎像是機械，分秒不差地同時對他們揮手。

「二爸！」他眞的被嚇到了。

在上面的虞夏不知道爲什麼沒有回他的話，但是過了一會之後拉著他的力量的確變大了，顯然是多了助力幫忙，一點一滴將他拉回了土牆上面。

待上半身有力量支撐時，虞因立刻把那個幾乎要剝爛他脖子的女人先往回塞，然後他見到下面那些黑色的東西中走出了兩個，閃著青光的眼睛一直盯著上面，然後順著外牆慢慢一前一後向上爬了上來。

「媽啊！」一騰出手，他連忙手腳並用地自己爬回去房子裡，在真正接觸到地板時他立即關窗上鎖，然後回過頭又是一陣驚愕。

被摔在地上的李臨玥在那同時暈厥了過去，手上全都是虞因的血。

而小聿抓著紙門，剛剛拉住他的虞夏只喘了一口氣，立即回過頭去按住了正被重重撞擊的紙門框。

這種畫面怎樣看都讓人覺得很眼熟。

紙門外出現了個黑色的影子。

下一秒，尖刀直接貫穿了紙門，差點戳到旁邊的小聿，不過這次他很快就跳開了，沒有再被刺傷。

「我警告你最好立刻棄械投降！不然後果自行負責！」火氣已經爆大的虞夏護著小聿倒退了好幾步，在他示警喊聲之後，木門轟的一聲直接被撞開，戴著怪異面具的人站在門口看著他們，發出有點濁重的喘氣聲。面具裡的一隻眼睛是爛的，莫名的青黑色液體從眼眶流出來，淌在面具上面，讓畫面看起來更加詭異。

一看見那東西，虞因腦袋整個抽痛了一下，讓他發出了呻吟。

「你們幾個先出去！」在對方揮刀過來的同時，反應快的虞夏直接一腳踢掉了那張讓人怎樣看都不舒服的面具，接著單手按住了對方的頭，直接把人臉往地板砸下去。

砰的一個巨大聲響在房裡迴響，尖刀被震出去之後轉了幾圈在牆腳邊停了下來。

抓到時機的小聿馬上跑出房，看到被鎖住的樓梯拉門之後他用力地扳了幾次鎖，但是竟怎麼打不開應該是內扣的鎖。

抱起昏迷的李臨玥，虞因同時看見把人踹上地的虞夏抓住對方的頭顱，強迫他轉過臉。

但一看到那張臉，他們兩個都愣了。

與其說是人臉，不如說是一片黑色。

不見五官，只有像夜一樣的深沉。

虞夏的驚愕只維持了幾秒鐘，在他聽到這不知道是什麼東西的傢伙發出了某種聲響之後他馬上回過神，同時看到被自己踩住的身體，在厚外套下以一種非常不自然的狀態開始慢慢向後扭轉，像是要配合被虞夏硬轉過來的黑色頭顱一樣，身體不斷發出像是骨頭斷掉般的喀喀聲轉向面向他這方。

「二爸！快點跑啦！」驚悚地看見窗戶外出現了另一個黑影，扛著人的虞因連忙拉住正想再攢下面那東西一拳的虞夏退出走廊。

站在樓梯門邊的小聿緊張地望向他們，手上的鎖還是完全沒有動靜。

「閃邊。」對著鎖直接開了一槍，虞夏踢開了樓梯間的門，底下依舊空蕩蕩的什麼聲音都沒有，暗黑的顏色像把下層吞噬了，不見任何他們先前打開的燈光。

身後再度傳來聲響。

重新把面具放回臉上的「東西」拾回了尖刀，搖搖晃晃地從房間裡走了出來。

虞夏直接再一腳補上，把對方踹回房裡，然後對著厚衣底下的身體開了一槍。意外地，這槍竟不像打在肉體上的感覺，而像直接被那個身體給吞了進去，連點痕跡都沒有留下。

退出房間，虞夏催促站在樓梯的兩人快點離開。

看著暗黑的下方樓梯，小聿第一個衝了下去。

□

他們聽到很多人低語的聲音。

跌跌撞撞地摔到一樓後，虞因和小聿反射性地同時看向那間雙人房，房間的拉門已經被搗爛了，破碎的紙上還有著不知道是哪裡來的血跡。

但是這次不一樣，他們看見有個人倒在那房間裡面。

「一太！」虞因瞬間就認出對方，把李臨玥往小聿的手上一塞，完全沒有思考直接跨過了破爛的紙門踏入那個房間。

同一瞬間，他的腦袋轟的一聲猛地傳來了一下劇痛，像有人重重地搥上他的頭，痛得他直接跪倒在地。

帶著濃濃血腥氣味的某樣東西突然搭在他的手上。

按著頭，用力深呼吸幾次之後虞因才勉強睜開眼睛了，看見原本倒在地上的人抓住他的手。

劇痛中他好像聽到相當虛弱的聲音——

「出去……」

扔下了昏迷的李臨玥，小聿跑進了房裡，連拖帶拉地把虞因給推出散發著怪異氣味的雙人房，然後又回頭去扯倒在地上的人，一起拉到外面。

退出來之後，虞因隔了一會才感覺劇痛逐漸緩了下來，接著意識清晰了，看見倒在他身旁的一太。

不知道爲什麼，一太的身上全都是血，仔細一看還有著非常嚴重的刀傷，好幾刀幾乎要見骨了，黑紅色的血不斷從那些傷口冒出來。

但怪異的是血流得很緩，有幾處創口差不多已經凝結了，不像是這種傷勢該有的情況。

不過，他無暇去思考這些事情了。

樓梯上傳來了重重的碰撞聲，接著是上層樓的門被人甩上，跟著虞夏就像貓一樣從樓梯上十幾階的地方跳下來，「阿因，到底是什麼怪東西！」指著開始撞門的二樓，虞夏把槍收回身上，快步過來將倒在地上的一太扛到肩膀上。

微溫的血一下子染濕了他的衣服。

「我哪知道那是什麼東西！你當我是靈媒還是怪異現象處理人啊！」瀕臨抓狂的虞因想也沒想地就喊了回去。

「你唯一的用處不就是能知道那是啥東西嗎？」虞夏的聲音也大了。

「就不是人啊！」吼回去，虞因拉起了倒在旁邊的李臨玥。

「廢話！」

「廢話你還問！」

卡在兩個要對罵起來的人中間，小聿指指已經撞破門站在樓梯口的那東西。

倉皇間，虞夏感覺到身後揹著的人突然抓住他的肩膀，「把他關回去。」還稍微清醒的一太指著門面已經破碎的雙人房間，「鑰匙……」

「啥鑰匙？」不知道對方爲什麼這樣講，虞夏連忙問著。

「鑰匙在我這裡，有備份的！」虞因連忙翻出還未還給民宿主人的鑰匙圈。

被撞壞的只有上半的門格，下面的門框倒是還在，但是現在定下心一看，虞因才發現鎖孔裡似乎塞著什麼銀色的東西，堵住了鑰匙孔。

暫時先放下了李臨玥，他和小聿上前去把堵住的東西挖出來。

幾乎在同一時間，虞夏把肩膀上的人放置在旁，迎上追下來的怪人，單手制住對方揮出尖刀的手腕之後，幾下壓扣就把這個人形的不明東西給翻倒在地。

另一邊，努力了半天，小聿從那個鑰匙孔裡面挖出了一截銀亮顏色的小金屬塊。

是半截鑰匙。

對看了一眼，虞因隨手把那半截不知道哪裡跑出來的鑰匙塞進口袋裡，然後抓出了身上的那把插進去，幾個聲響之後他拉開了房門。

抓住時機，虞夏直接把正想重新轉身的人踹進那間雙人房裡，接著對還想爬起來的東西做了射擊，衝擊力再度把那玩意打趴在地上。

連忙關起門，這次動作很快的虞因逆轉了鑰匙。

在喀答聲鎖起之後他抬起頭，然後又驚呆了。

在他們面前的，只有完好的門，從來沒被破壞過。

□

手術室的燈亮起。

在幾乎見到明亮天空的清晨之後，醫院內才逐漸有人走動的聲音。

把一太和李臨玥送醫之後，坐在手術室外面打了一下盹後被拍醒，虞因只看見他家二爸提了一袋早餐坐在他旁邊，另外還有那個一直陪同他的當地警察。

他和虞夏的狀況都沒好到哪裡去。虞因是整個脖子被纏了一圈繃帶，虞夏則是抓他時衝力太大拉到手，整隻左手都被包起來了，恐怕要等一段時間才會恢復，唯一大概沒怎樣的應該就是還靠在他旁邊睡覺的小聿吧。

「如果不是看到你們幾個這副模樣，還真難相信你們遇到這樣的事。」聽了虞因簡單的描述之後，員警——也就是季有倫其實還帶著幾分的難以理解，不過畢竟南部受民間信仰與宗教活動影響頗深，所以他多少也是聽了進去，「是說救出來的那個學生現在是什麼狀況？」

看了他一眼，虞夏按了按額頭：「被利器殺傷了十三刀，不過不曉得是不是閃避得當的關係，雖然傷口很深，不過都不在致命處。」不然以那種傷勢，哪有可能撐到其他人來？

不，其實仔細想想，這根本是不可能的，就算不在致命處，但是遲了好幾天才找到人，沒餓死應該也會失血致死。

所以那邊到底是……？

怎樣都想不明白的虞夏放棄繼續深思，反正人救回來了，等醒了之後問問看就知道了。

將旁邊的小聿叫醒，虞因打開了速食店的紙袋，把早餐分一分。

手術室外的氣氛安靜得詭異，似乎大家都有話想說，但是卻都不願打破沉默。

差不多又過了半小時，手術中的燈號乍然熄滅，接著所有人都站起身看著過了一會兒才走出來的醫生。

「傷勢很重，大部分傷口都受到感染，但目前暫時不會有生命危險，不過可能要在加護病房中觀察幾天，如果可以的話，請快點聯絡家屬過來辦一些手續。」看著旁邊的護士，值夜班的醫生這樣告訴他們：「真是的，再晚點來人都可以直接送隔壁停屍間了。」

「詳細狀況？」省略了對方雜碎的抱怨，虞夏直接問重點。

「十三刀，傷口都很像，應該是差不多的東西造成的吧。」接過了助理護士幫忙做的紀錄，醫生說著，「其實有好幾刀都差點砍斷動、靜脈了，比較嚴重的一刀插在心室左側，都是差一點就會致命的地方，能避開也算是他運氣好，觀察之後如果沒感染就會慢慢復元了。」

「現在可以……」

「暫時沒辦法問話，醒來之後會再通知你們。」截斷了虞夏想問的話，鄭全柏這樣告訴他們。

點點頭，虞夏表示理解。

「鄭哥，可以先給我醫療報告嗎？我要拿回局裡作備案。」也在旁邊等著的季有倫微微皺起眉，「如果這個是被殺傷，那其他人可能……」

凶多吉少了。

他很想這樣說，但是意識到虞因兩人還在，便收口了。

按了按包著繃帶的脖子，大抵也知道他未出口的話是什麼，虞因拉了下站在前面的人，「二爸，其實我覺得其他人應該都還活著耶。」

「怎麼說？」幾個人突然轉向他，都露出了疑惑的表情。

「欸……第六感？」

「去你的第六感。」虞夏一巴掌打在他頭上。

捂著頭，虞因有種委屈的感覺，「啊就眞的是第六感咩……」這種事情要怎樣說服看不見的人啊？看不見的眞好，只要出拳頭就是吧？

看得見的眞倒楣。

「那我先回局裡覆命好了，上面還在等消息，你們先在這邊休息一下吧。」拿到了想要的資料之後，季有倫快快地離開了。

不知爲什麼覺得這兩個多年認識的人彼此互動不熱絡，也沒打算深究下去的虞夏環著手看著還等著他們發問的醫生：「我想請問一下，你確定當年死者眞的是二十一個嗎？」

「欸？怎麼虞警官也問了這問題，當初的確是二十一個，棺材也是，阿司打電話來招呼過了，我沒道理騙你們的。」似笑非笑地，醫生這樣告訴他們。

「好，謝謝。」

得到肯定的答案之後，虞夏想起另外一件事：「一起送來的女學生現在狀況如何？」

搔搔頭，醫生臉上出現了困窘的神色，「那一個的狀況就不太好了，意識整個混亂，其實剛剛在裡面時護士說她中途曾清醒過，但直叫嚷著要出去，所以先幫她打了鎭定劑，又昏了睡過去，現在在別的病房裡，如果想過去看要小心別驚動她。」

「好的。」

說了下他還要忙，醫生告訴他們醫院有休息室可以借他們休息之後就逕自先離開了。

走廊上就剩下他們。

看著窗外已經大亮的天空，虞夏抹了把臉。

黑夜的事情其實已經超過他可以處理的範圍，應該說也不是警察處理得來的。

帶尖刀的不知道是什麼東西，房子裡也不知道是什麼狀況，他突然覺得狀況異常棘手。

轉過身，虞因和小聿都眨著眼睛看他。

「二爸，接下來要怎麼處理？」大概也知道他在煩什麼的虞因小心翼翼地開口了，看起來似乎是怕再次觸怒他。

看著他們，虞夏現在只有一個想法。

「房子是誰的就去找誰討解釋。」

8

於是，他們又回到了起點。

在旅館整頓過又小小地歇息片刻後，到達民宿已經是接近中午的事情了。

大概因爲是中午用餐時間，踏入大廳後隱約能聞到食物的味道，不曉得是遊客帶進來的，或是他們附設的餐廳傳來的氣味。

人比平時多了點。

虞夏才不管人多人少，一走到櫃台劈頭就對民宿的服務員說：「我找你們老闆和老闆娘！」

大概是看他臉色太可怕了，櫃台人員馬上點頭連連說好，立即幫他撥打內線。

難得看到櫃台是其他人在管，並不打算干擾虞夏的虞因兩人依照慣例走向旁邊較少人的座位，買了飲料就在一旁等著看戲。

過了一會，服務員頻頻向一臉烏雲的虞夏道歉，說老闆和老闆娘剛出去，可能要等上一些時間，請他先到另外的座位上稍候。

在等待的時間，小聿又去端詳牆壁上的大畫，不斷在四周繞來繞去。不把他的舉動放在心上，虞因反倒是拿出了之前從畫下面找到的相片。

但是定睛一看之後，他微微愣了下。一開始以爲是自己眼花看錯了，但是把相片整個湊到眼前更仔細看了好幾次之後，虞因才完全確定自己沒有看錯。

在老舊的相片裡，那棟別墅大門內，女孩的正後方隱約有個模糊的影子，沒有仔細看的話根本不會注意到。

應該是和自己差不多年紀的青年？

不很肯定，這方面虞因不是專家所以只能大致推測，他拿了手機拍下相片，然後傳到了玖深的手機，就不曉得對方會不會幫忙了。

弄完這些後，他再度仔細端詳相片，人影上也有陳舊痕跡，肯定不是之後才顯現出來的，而是一開始就有了。

所以相片裡面那是誰？

「客人！麻煩請不要這樣！」

還在想相片中爲什麼會有這東西的時候，虞因突然被吵擾聲給驚動了，一轉頭他就看到服務生和小聿不知道起了什麼爭執，對方連連拉著小聿離開那幅畫。

「怎麼了？」快步跑了過去，虞因連忙抓住那個服務生。

「你們是一起的嗎？可以請您朋友不要破壞我們店內的公物嗎？這幅畫是老闆專程下東部買的，聽說不便宜。」指著壁上的掛畫，服務生雖然很有禮貌，但是語氣已經不太高興了。

虞因轉過頭，看著臉色好像有點不太對的人，「你怎麼了？」

似乎有點心不在焉，小聿把注意力全部放在那幅畫上面，沒有直接回答虞因的問句。

「他剛剛想把我們的掛畫拆下來。」沒好氣地說著，誤以爲對方的沉默是心虛，服務員繼續說著：「麻煩請不要再做這種事情了……」

話還沒說完，服務生身後傳來喀咚的聲音。

「畫有啥嗎？」根本無視對方的指責，不知道什麼時候摸過來的虞夏推了推只有上方固定的畫框。

虞因看到那個服務生的表情明顯想要尖叫，說不定他還想跳起來把這些破壞公物的人都踢出去。

「你們在吵什麼？」

還沒有等虞夏把畫拆下來，外面突然傳來聲音，然後是讓他們久等的老闆和老闆娘一前一後地走進來。

一看到民宿主人回來，服務生連忙把剛剛的事說明一下。

老闆猛地將服務生推到旁邊，臉色非常難看，「虞警官，我們沒有必要二十四小時待命在這邊看你們警方的臉色吧，該說的都已經說了，你們警察該做的不是去找那些不見的學生嗎？現在是又想來幹什麼？」他的語氣很衝，連還想告狀的服務生都被嚇到了，縮著脖子開始往後退。「你知不知道因爲你們的關係，那些學生家屬每天打幾十通電話要我們出面負責？還有來鬧的，在附近住下之後揚言一天三餐都要來鬧，以爲我們是不用做生意嗎？那些家屬不是應該要由你們請去旁邊好好解釋嗎？」

整個大廳的氣氛突然僵了起來，原本還有說有笑等著訂房的其他客人也被嚇到，連話都不敢講，全部都盯向這邊。

「來這裡當然是有些問題想問你。」沒把對方不友善的態度和咆哮放在眼裡，應付過更糟糕狀況的虞夏微微瞇起眼：「我想問清楚那間別墅到底有沒有發生過事情，不管是在蓋屋之前或是蓋屋之後！」

民宿老闆愣了幾秒，然後低吼了聲：「當然是沒發生過事情！」

拉著已經有點暴怒的丈夫，老闆娘連忙陪笑著：「那塊地很乾淨，不管是蓋屋之前或蓋屋之後都沒有問題，這點我們之前已經跟警方都說過了，如果有需要，您也可以回去調查之前的紀錄啊。」

「好吧。」點點頭，看情況可能問不出點實質什麼東西，虞夏想了一下，提出了另一個問題：「畫後面有別的東西嗎？」

「牆壁啊！」氣憤地衝上前去，老闆一抓用力地扯動那幅畫，接著整幅畫應聲而落，旁邊的服務生全部嚇到了，連忙扶住差點往前倒的畫。

在畫之後果然只有牆，什麼東西也沒有。

虞因看著旁邊的小聿，後者似乎很想講什麼，張了幾次嘴巴，但又什麼都沒有說。

已經鬧成這樣了，現在質疑別的事情可能會更難看。

瞄了一下整個大廳的人，虞夏只好先暫時壓下其他疑惑，「不好意思打擾你了，其實我這趟來只是要跟你們說失蹤的學生裡已經有一個人找到了，但是身上有很嚴重的傷勢，暫時無法講話。當時我還看見了一個戴面具、穿著厚外套的『人』，如果你們對這些東西有什麼印象的話，請馬上聯絡我。」

他沒有忽略掉，在說到戴面具時，老闆與老闆娘同時一僵，似乎想到什麼東西。

「另外關於十五年前的大火，我想和老闆確定一下當時是否二十一個人都下葬了？還是有其他生還者？」其實這只是順口提醒的，但是虞夏才剛問，站在他前面的老闆就猛地拽住了他的領子，幾乎反射性地虞夏幾下就把老闆的手給扣住然後反折。

「他媽的又扯到十五年前幹什麼！人已經全死光了！就剩下我而已！」無視於手上傳來的疼痛，老闆這次眞的是用吼的了。

虞夏鬆開了對方的手，「謝謝你的配合，有問題我會再來請教兩位。」

「馬上給我滾出去！」

□

在虞夏被撵出來之後，不敢多待的虞因拉著小聿跟著追了出來。

「二爸，你沒事吧？」有些被民宿老闆強烈反彈嚇到的虞因跟上了腳步之後連忙問著。

「習慣了。」經常在揍人與被揍之間的虞夏不以爲意地揮揮手，被拉領子還算是小意思，「只是覺得他反應過度而已，不知道是做了什麼虧心事。」

短短幾句話就有這麼強烈的刺激，不曉得問題是出在哪邊。

「對了，小聿你爲什麼每次都要去弄那幅畫，有啥問題嗎？」轉過頭看著被自己拉在後面走的人，對於這點感覺到很奇怪的虞因問著。剛剛要不是拉他出來，他還不見得想出來，不曉得在搞什麼。

偏頭看著他，小聿微微皺起眉，然後點點自己的鼻子。

「你聞到啥？畫過期嗎？」

旁邊的虞夏直接從他頭上巴下去。

「很痛耶！二爸你打我幹嘛！」莫名就被人呼一巴掌的虞因連忙抗議。

「不知道爲什麼就很順手。」完全沒有反省之意的虞夏聳聳肩，一副不然你有種也可以打回來的表情。

當然是沒種打回去的虞因只能摸摸鼻子認衰。

「等等……味道？」猛然止住腳步，虞因反過身抓住了小聿的肩膀，這傢伙所執著的味道他只知道一種，那個東西絕對不會是果凍或布丁：「你聞到那種香的味道？」

很慎重地點點頭，其實已經確認過好幾次的小聿覺得應該是沒有錯。

「香？」虞夏的腳步也停了下來，「你是說含有毒品成分的那些香？」他們還在追查那些玩意的源頭，沒想到連這種地方也被滲透，這下範圍就非常廣了。

這樣一來，老闆情緒不穩、暴怒，還有攻擊性，可能就有合理的解釋了。

突發的種種行爲都相當符合那些香的特徵。

不管是小聿家或者是四樓那戶，抑或是那些高中生，在吸取某程度的香之後每個人都會出現類似的行爲。

但是他們並沒有在民宿裡看見供奉什麼東西的地方，老闆身上也沒有攜帶任何抽菸的用具，似乎不是癮君子。

「那個味道只有畫上面有嗎？」其實不是很確定，虞夏再度追問著。

小聿依然點點頭，在其他地方都沒有這種香氣，所以他才會執著於那幅畫。

「這就奇怪了，難道賣藥的打算開發起顏料嗎？」虞因歪著頭說著。這也不是不可能，之前就有人把紙拿去混合毒品了，弄成顏料也不算第一個，只是比較罕見而已。

想了下，虞夏也想不出個所以然。

就在談話中斷之間，虞因的手機震動了起來，打開一看是個回傳的檔案。

從玖深那邊發回了早些時候傳過去給他的相片，整個人影已經被放大了，而且弄得特別清楚，雖然還是滿模糊的，不過大致上已經看得出來樣子。

看來這應該眞的不是靈異照片，不然玖深肯定不會這麼快回傳給他。

「這是什麼東西？」虞夏湊過來，看了手機裡的照片。

「喔，在畫下面找到的。」把原來那張相片遞給虞夏，不知道爲什麼虞因越看越覺得相片上的人輪廓很眼熟，好像在哪邊看過。

「這個人和布袋戲班主的兒子很像。」看著手機一陣子，虞夏突然爆出這句話，「你拿給我的那張影印資料，雖然年紀有差，但是感覺有點像。」

被他這樣一講，虞因也開始覺得似乎有點相像了。

旁邊的小聿連忙從自己的包包裡再把那張影印的資料拿出來，然後他們將上面印著的人像拍入手機，再傳給玖深。

大概不到十分鐘後，手機就響了。

這次不是傳檔案，而是對方直接打電話過來。

虞因很快接起。

「阿因！你是不是又想整我啊！剛剛那個很像靈異相片的東西到底是怎樣！」對方那端直接這一句話丟過來。

原來還是有嚇到。默默地這樣想著，虞因把手機改成擴音，「不好意思啦，因為想說玖深哥你幫我看看比較快咩，而且應該不是靈異相片吧？」不然他早就關機了，還會幫他解析嗎？

「當然不是！」對方罵了一聲，「我幫你傳到電腦裡看了一下，應該是人沒錯，我想大概是屋子裡比較黑沒有注意到有被拍進相片裡，不是反射也不是海報之類，屋子裡就是有那個人。另外第二張圖片，我也拉出來幫你合了，不過只是大致上弄了一下，看起來應該是同一個人，但是屋子裡的人年紀比較大一點，可能相片的拍攝時間是在第二張之後，暫時就只有這樣。」

「了解。」邊聽著，虞因隱約覺得事情好像有點不太對勁。

「對了，別跟老大說我有幫你用這個……」

「啊！」根本來不及阻止對方一如往常交代的話，虞因吞了吞口水，其實現在他比較想拔腿就逃。

完全把對話聽在耳裡的虞夏盯著手機，然後緩緩開口：「你說別讓誰知道？」原來這幾個傢伙私下交流這麼頻繁是吧？

手機那端有三秒的靜默。

「老大？」非常試探性地叫了聲。

「你不是上班時間嗎？這麼閒嗎？」虞夏這樣回答他。

「嗚啊啊——對不起，我馬上回去工作！」手機啪的一聲直接被斷線了，連再見啥的都來不及說，可見那邊的人有多驚慌。

虞因可以想到之後一定會被人家講說爲啥沒有先提醒他二爸在旁邊之類的話。

轉回來看著自家小孩，虞夏的口氣有點恐怖：「你們平常都這樣？」他是指自己同僚幫忙的事情。

「呃，其實沒有，二爸你不要想太多，而且拜託玖深哥私事的話很常被拒絕啊。」連忙轉移他的目標，虞因將手機切回了剛剛的相片上：「依照玖深哥剛剛說的話，如果相片是在火災之後拍的，那麼爲什麼死亡名單上面會有這個人？」

他們互看了一眼，其實之前的猜測多少已經被證實了。

「二十個，不是二十一個。」虞夏這樣說著。

「那……」現在是要去挖墳墓嗎？

其實很想這樣問，但是虞因總覺得好像哪裡不對，所以又把話給吞下去了。

話說回來，當年第二十一具棺材是……？

「我先去附近找看看當年辦這些事情的人，你們兩個先回去休息吧，不要再亂跑了。」沉重地這樣告訴虞因之後，虞夏看了下時間。

「呃，那我們去醫院看看好了。」

於是，他們分別往不同的方向離開。

□

其實原本眞的是想先去醫院看看一太清醒了沒。

走了一小段距離之後，虞因才注意到從剛剛開始，不知道爲什麼小聿一直緊跟在他後面，甚至拽住他的衣服。

「怎麼了？」該不會是尿急吧？

搖搖頭，小聿皺起眉一直看向後面。

跟著他的視線看過去，虞因才看到……不知道從什麼時候開始，小聿的後面出現了個小女孩，揪著他的衣服跟了過來。

女孩的年紀看起來不大，應該是七、八歲左右，整張臉是紫白色的，但是仔細看還滿可愛的，仰著小小的臉，用非常不自然的霧灰色眼睛看著他們。

虞因一下子愣住了。

不是因爲這是「那種東西」，而是這小女孩他剛剛才在相片上看過。那個員工說應該是在花蓮靜養的老闆女兒。

既然出現在這裡，還是用這種方式出現，虞因再怎樣想都不覺得她是在「靜養」，而是已經在某個地方「安息」了。

那東西和他四目相對。

接著小女孩發出了笑聲、鬆開了小聿的衣服，回頭往民宿的方向跑了。

眼睜睜地看著女孩消失在遠處，虞因按了按有點發麻的頭部，一時間不知道該說什麼，只是轉過去看著小聿：「跟多久了？」

想了一下，小聿回頭指著民宿。

「一出來就跟在我們後面？」

看著眼前的人點點頭，虞因開始有點頭痛了。他果然還是有時看不到，居然跟這麼久都不知道……只不過爲什麼會跟出來？

因爲小聿去動了那幅畫嗎？

「我們晚點再過去看看。」原本想要立即回頭再去查查那邊到底有什麼東西，不過一想到可能會被民宿老闆掐死，虞因只好決定晚一點再過去。

畢竟他們剛剛進去並沒有表明和二爸的關係，對方應該還不曉得，大概頂多只會覺得碰

巧而已，短時間內應該還不會找他們麻煩才對。

盤算著，兩個人還是先回去牽了小綿羊，往醫院的方向過去了。

騎到一半時，虞因突然想到些事情，就把車調頭轉往比較多人的市內，不久後他就在路邊看見了香燭店。

「民宿的老闆？沒有喔，沒看過他平常在買，逢年過節時是有，不過都是員工來買的，一次就買幾百塊。這邊的話就是我們和對街的兩、三家在賣而已。我們這裡的香都是眞材實料的，同學你有興趣要買點嗎？」

從香燭店退出來之後，虞因又去問了附近幾家，都得到差不多的答案。

下午之後，市區逛街的人潮逐漸多了起來。

雖說是觀光夜市，但是其實在下午就已經開張的街道不斷湧進人潮，本地人和外地人全都混在一起，不斷駐足在各種攤販前。

想到帶小聿來到這邊後也都不曾讓他四處逛逛，而且他似乎對攤販很有興趣，頻頻盯著到處看。嘆了口氣，虞因牽著他擠進人潮裡，「如果走散了就打手機，我們入口處碰面。」說著，順便塞了幾張鈔票給他。

其實像這種地方虞因算是很常逛了，搭上幾個特定的朋友後他更常外出夜遊，有時候則是打工下班後到處去跑跑逛逛，一開始只是因爲家裡沒人所以不太想回家，後來就變成習慣了。

自從小聿進入他家之後才減少了這種外遊的頻率。

回過神時，他果然跟小聿走散了，本來在他後面的人不知道被沖到哪裡去，還是在某個地方看他沒有看過的東西。

這時也沒太多興趣逛街，虞因買了飲料，隨便找個地方坐下來。

才剛開始要喝時，他就發現不對勁了。

四周的人群不知道從什麼時候開始突然變少，而且動作放慢許多，有點類似用電腦看影片時把播放速度調慢的那種感覺。

他打腳底板開始覺得冷了。

某個人從緩慢的人群中回過頭，慢慢地朝著他開始一下一下地招手。

因爲有點距離，所以虞因看不太清楚是誰，看著那個人的輪廓，感覺上很像是他那些消失的同學之一。

放下了飲料，他跟著那個人走。

那個人始終保持著一段距離，像是催促著他跟上一樣不停地招手喚他，過了一下子人不見了，一轉頭就看見另外一個人在另個方向。

「怡琳？」這次很清楚看見對方的臉，仍然因爲有點距離而感到不切實際，不過虞因就跟在後面一直走去了。

不久之後人影又換成另外一個人。

他只感覺自己好像不停地在這些人之間兜圈子，但是又無法放著他們不管，只能勉強不要停下腳步一直追上去。

虞因自己也不知道就這樣走了多久。

隱約感覺到自己在觀光夜市裡前前後後走了許多趟，直到周邊的小販用緩慢的速度把燈點亮，每個攤位上都出現了一致的昏黃光芒，隨著風微微地盪著。

發電機的聲音轟轟作響。

最後一個出現在他面前的是阿關，這時對方已經距離他很近了，差不多就在兩、三步遠的地方而已。

阿關對他招了兩下之後，一個拐彎走出了觀光夜市。

他隨著走了一段距離之後，前面出現了一堵稍矮的土牆，阿關直接翻了過去，然後在另一端衝著他又招了幾下。

正想跟著翻過土牆時，兩個矮小的身影突然從另外一端竄出來，跳上了土牆拚命地對他搖手搖頭，擋在他前方。

虞因認出那是四樓的兩個小孩。

「讓開。」他聽到自己的聲音，但是不確定自己有開口，因爲聲音一下飄遠，像是某種回音一樣，「不去不行。」

到底是爲什麼不行，他也不知道。

小孩還是站在那邊拚命地對他搖頭。

突然感到急躁，虞因一伸手就想趕走那兩個小孩，但是伸出去的手突然被人從旁邊抓住了手腕，而且非常用力，劇痛馬上就從手上傳回他的腦袋。

那一秒，虞因清醒了。

他發現自己根本不是站在什麼觀光夜市裡，面前也不是土牆，看清楚自己所站的地方之後他渾身冷汗直冒。

四周都是木格牆，而他站在別墅某間房間的窗戶前面，正要跨出窗戶，剛剛那兩個小孩也不見了，更別說其他招他來的人，一個都沒見到。

轉頭，他看見了旁邊阻止他的人。

似乎是用跑的過來，整個人氣喘不止的一太抓住他的手，對他搖頭。

「不可以。」

他這樣說。

□

他們兩個一起坐倒在地上。

虞因全身都是嚇出來的冷汗，旁邊的一太則捂著身上的傷口，皺起眉像在忍痛。

過了好一段時間，虞因才從震驚之餘回過神來，他直覺地看向窗戶外面，整片天色都已經黑了，也不知道現在是幾點。

唯一可以確定的是他肯定已經離開觀光夜市很久，非常有可能是一路走過來這裡的。

「還好嗎？」過了一會兒之後，一太才抬起頭看他。

連忙點點頭，虞因盯著他看了下，對方的手上還留有打點滴的東西，一看就知道是私自出院，醫院的衣服外面只隨便穿了件不知道哪裡來的外套，也沒來得及換成別的。

「你……」不知道要從哪邊問起，虞因頓了一下。

「剛醒，才剛走到這邊時就見到你闖進來，所以就跟上來了。」自己接了下去，緩過氣之後一太就站起身，順便伸手把虞因從地上拉起來。

注意到他力氣不大，很有可能是受傷的關係，虞因連忙自己爬起來，然後抓住了對方的肩膀，「這裡到底是怎麼回事！你們到底在這裡發生什麼事情！」

看一太的神色沒有異常，也不像李臨玥那副樣子，肯定是神智清醒。

搖搖頭，一太這樣告訴他：「我也不太清楚，先離開這邊再說吧。」

被他提醒之後虞因才想起來這棟房子很有問題，連忙扶著一太往樓下離開。

整棟房子安靜得連點聲響都沒有，他們的腳步聲也幾乎聽不見，好像一踏上樓梯或是走廊，聲音就被這個空間給吸走了，啥也聽不到。

不過幸好這次似乎沒有東西在追他們。

一路走出來到離開大門之後，虞因才稍微安下心來。

猛一回過頭，整棟別墅還是黑色的，毫無人影也無人聲，就這樣安安靜靜地矗立在原地，什麼東西都沒有看見。

他們慢慢地退出了庭院。

「你看。」指著別墅大門，一太這樣輕聲告訴他。

順著手指的方向看過去，虞因見到在黑夜中別墅的大門再度被人緩緩打開，某種奇異的黑色東西在門縫後探出了頭，青色的目光盯著他們看了片刻之後，又無聲無息地縮回去了。

別墅再次被關了起來。

想起了剛剛的狀況，虞因整個人有點抖了，他好像見過這種模式，也突然間明白爲什麼李臨玥硬是要來這個地方。

很有可能，死去的那二十個人開始找替身了。

旁邊突然傳來沉重的感覺，他一轉過頭，發現一太整個人又昏過去了，而且身上有點發燙，說不定是傷口開始發炎了。

正在想著要扛人到民宿求救的時候，連接外面的田野小道那端隱約出現了燈光，從最遠的地方慢慢開始逼近他們。

直到燈光在他面前亮了起來，看清逼近的東西之後，虞因才鬆了口氣，向著那端招手。

「二爸、小聿！這邊！」

一太再度清醒時已經是隔日的事情了。

那時虞因已被修理了一頓，然後虞夏聯絡上他們的監護人，院方也將他轉到個人病房。

「唔……」

聽到床上的人發出了輕哼的聲音之後，原本坐在旁邊打瞌睡的虞因連忙站起來，「你醒了嗎？」

緩緩睜開眼睛，一開始只覺得看見的是一片空白，過了幾秒之後才意識到自己在醫院裡面，他轉過頭朝虞因點點頭，「沒事。」

聽聲音不是很好的樣子，虞因拿了水給他，然後按鈴讓醫生和護士過來檢查，同時也把旁邊正在睡覺的小聿給吵醒。

診視後，醫生依然要他多休息，順便吩咐了虞因一些注意事項。

醫生、護士離開後，空間突然安靜下來了。

原本躺在床上的一太在醫生和護士都離開之後，便自動地墊好枕頭，半坐了起來。不過可能是因為太多傷口，讓他吃力掙扎了一會才弄好。

虞因沒有插手，因為他知道這個人不喜歡別人插手自己的事情。

等到他弄好之後，虞因才拉了椅子坐到旁邊，「我有一大堆問題想要問！」

「是嗎？」左右看了一下，一太如同往常般地勾起淡淡的微笑：「你父親不在？」

「二爸似乎在警局那邊被家屬拖住了，說要過會兒才來。」已經打過電話通知他們了，虞因這樣告訴對方：「你應該也知道我想問啥吧？」

點點頭，一太接過了小聿遞給他的優格，然後道了謝，「我知道那房子有問題，一開始在看網頁介紹時就有種不好的感覺，有告訴過阿方他們，不過大家都在興頭上，還是過來了。」於是他只好也一起跟上這趟旅程，不然他對這種團體旅行不太感興趣的，「第一印象，別墅本身應該是沒問題，但是一樓的房間讓我很不舒服，地板下的聲音有點吵。」

「你看得到好兄弟？」虞因聽他講完這串話時有點訝異。

沒想到這裡還有個伙伴！

「不對，你誤會了，我只說那是我的感覺，不知道為什麼我的感覺比別人準確一些，一直以來都是這樣。」糾正了對方的想法，一太有點不以為然，「並沒有什麼特別的地方，對我來說，阿因你能看到才是件不可思議的事情。」

「還好啦……」不對！他謙虛什麼，虞因猛地意識到這不是啥可以炫耀的事情，「幹嘛扯到這裡！那之後發生了什麼事情？」

「後來……我要阿方他們不要靠近那間房，之後大家就出去外面了。一會後我到樓下找東西吃、等他們回來。到了晚上，民宿的人過來布置了烤肉用品，但他們還是遲遲沒回來。」按著額頭，有點痛苦地瞇起眼睛，努力回想的一太偏開視線，「再之後的事我記得不是很清楚，腦袋裡很混亂，好像有聽到誰在叫的聲音，我應該是去察看了……不太確定……有個戴面具的男人在房間裡面，我想閃避開，不過還是被他刺傷……後來發生過什麼事情我眞的沒有印象了，醒來時已經在加護病房。避開了醫護人員跑回別墅時就看見你進去了。」

看他的樣子不像是在說謊，虞因連忙拍拍他的肩膀，要他暫時先別再往下想了，「所以你也不知道其他人都已經失蹤了嗎？」

一太抬起頭看他。

「除了李臨玥之外，包括你在內的十九個人已經失蹤好幾天了，從你們到的那天晚上起就找不到其他人了，你是昨天才被我們在那個房間裡找到的。」讓一太看了手機日期，虞因告訴他現在的狀況，「而且傷勢很嚴重，今天能醒都不知道算不算奇蹟了。」不對，應該說是昨天醒，而且醒來之後還很有精神地一路追到別墅來。

這種生命力簡直旺盛到讓人不知道該怎樣下評語。

「嗯……」抵著自己的下顎，思考著虞因所說的話，大約過了一會兒之後，一太抬起頭看向對方：「到現在都還沒找到人？」

「對，你算是第一個找回來的吧，如果知道是哪裡就好……」虞因點點頭，這樣告訴他。

「不對，我和他們在不同的地方。」很快地打斷了對方的話，一太連忙說著：「我並沒有跟其他人在一起，雖然不是很確定，但是我記得似乎是被關在戴面具那個人的地方，跟其他人不太一樣。」

被他這樣一講，虞因也想起差別了。

其他人都是群體行動，但是唯獨一太是落單的，群體的話也就是要抓他跟李臨玥的那群。所以果然與那個土台有關嗎？

但是他不懂，爲什麼戲台會和別墅有所聯結？

打斷兩人講話的是兩下敲門聲，接著虞夏開了門走進來。「醒了？可以做筆錄嗎？」他看向床上同樣筆直把視線放在他身上的人。

「可以的。」

一太勾起微笑。

□

從病房退出來，其實也沒啥興趣聽裡面兩個警察做筆錄，想著另外一件事情的虞因直直地往醫院外面走。

聿就跟在後面，左右張望著。

他們再度回到民宿，不過這次虞因沒有直接走進正門找那對老闆夫妻，而是在後面等了有一陣子，看見某個似乎有點年紀的員工走出來之後才撲過去。

被抓住的廚房員工錯愕地看著他。

「不好意思，我想問一下這位。」打開手機，虞因讓對方看清楚手機裡的相片：「是我的一個親戚，我聽說大概十年前左右還在這邊出入？」如果扣掉老闆女兒的年紀應該就是差不多那段時間。

根據他自己的推測，會在那本來要作住宅使用的別墅裡走動的人絕對有著親近的關係，如果能找到比較有資歷的員工搞不好眞的能知道點什麼。

約莫四、五十歲的廚房阿桑看了有一會兒之後，才開口：「喔，這很久了喔，是阿民嘛，你講的時間差不多，就是那時候來工作的，大概做了兩年有吧，後來別墅蓋完沒多久之後就偷了店裡的錢跑了。」

「偷了店裡的錢？」和小聿對望了一眼，虞因立刻追問著：「可以告訴我詳細的經過嗎？因爲他是我大舅的小姑的哥哥的小孩……」

「好了好了，反正就是一開始和老闆、老闆娘走得很近啦，那時候老闆脾氣還不太暴躁，人很好，對我們這些員工都很照顧，別墅蓋好之後還請客開桌，叫大家都去吃。結果一年多後，有一天早上到民宿時保險櫃都被破壞了，裡面放的十幾萬現金全被拿走，後來警察在阿民的工作櫃裡找到破壞工具，要追討時大家才驚覺都不知道他從哪來的，老闆也說不出個所以然，人就這樣跑了。阿民如果眞的是你親戚啊，找到人之後要跟他講回來道歉一下，老闆說不追究啊。」

「謝謝妳喔阿姨，對了，妳知道阿民身上有沒什麼比較好認的記號？我怕十幾年沒見了認不出人，相片肯定也不太對。」收回手機，虞因很誠懇地問著。

「有啦，他的左手有很大一片燒傷，所以都穿長袖，你看到就知道了。」說完後，廚房阿桑又說了兩、三句老闆對人不錯，也沒叫他要還錢云云的，人有困難回來說一聲就好了。

在阿桑講完之後，虞因想了一下，追問了另一個問題：「那我再請問一下，你們家老闆不是有個女兒嗎？阿民跑路之後，那個女兒是在多久後被送去靜養的？」

「差不多時間喔，阿妹和阿民很好，不過從小身體就很差，阿民來之後都叫他阿民哥，黏前黏後的。阿民不見之後有幾天沒看到阿妹，後來老闆娘和我們說因爲阿妹知道事情後很傷心，所以送她到花蓮靜養，現在算算應該都有十七、八歲了吧，每年都會從花蓮寄水果來。」又嘮叨了一下想要再見見那個可愛的小孩之後，阿桑看著時間也拖久了，就招呼了幾句逕自離開繼續去忙了。

目送阿桑離開後，虞因一度陷入沉思。

旁邊的小聿拉了他一下。

「你是不是跟我一樣覺得他們兩個應該是一起遇害了。」看著那雙了然的紫色眼睛，其實虞因非常不想做這種推斷。

小聿看著他，點點頭。

「但是老闆、老闆娘應該沒有理由殺害自己的女兒……就算我有看見那個小妹妹好了，但是那個叫阿民的我卻沒有看過……」他猛地停下話，然後想起這件事情裡面所有見到的那些玩意。

二十二個人。

二十個是布袋戲班的人，一個是民宿老闆的女兒。

那麼要殺他們的那個又是誰？

那時候他看見樓下出現二十個影子時，戴面具的東西的確已經出現在房間裡面了，所以肯定不是那一堆裡的。

一太說他跟那個房間關在一起。

用力地仔細想想……

虞因抱著頭，一時卻想不起來關鍵在哪邊。

旁邊的小聿倏地抓住他，然後很困難地吐出話：「鑰匙！門！拉門！」

「對了！是這樣啊！」

完全想起來那時候的狀況了，他們先打開了那個拉門，所以那個東西被放出來。同樣的道理，當初那票人不可能沒去開，即使一太說過了，絕對也會有某個渾蛋要求打開看看；他們撿到的那半截鑰匙很可能就是那時候扭斷的。

那個鎖不是很難鎖，是有東西讓它鎖不起來。

之後他們去了百姓公廟、土戲台，恐怕把什麼東西通過某種方式給帶回來了，所以打通了和別墅之間的通路，又因爲某個原因，所有的人就這樣不明不白地消失了。

他們之所以還沒事，決定性的不同恐怕就是那時候虞夏把跟來的東西趕跑了，所以他們才幸運地全身而退。

但是二十個人裡面缺了兩個。

他知道自己和李臨玥就是被挑上的那兩個。

比較奇怪的是，和虞夏一起的那次他們並沒有打開門，爲什麼那個東西還會跑出來？

他隨即又想起來，那時候門裡面的的確確被挖出了第三把鑰匙，就在他們離開之後，持有第三把鑰匙的人再度打開那扇門，而且一樣沒有鎖上，在鑰匙折斷之後，那東西再度跑出來了。

但是這次他們把一太從另外那邊給找回來。

不過那十八個人到底被帶到哪裡去了？

這樣思考的時候，虞因腦袋浮現了某種念頭，但是他並沒有講出來，只是先暗自放到心底，盤算著如果事情真的朝最惡化方向發展的時候再考慮行使。

「我們再去一趟百姓公廟吧。」

拉著小聿，兩人邁開腳步就往機車方向跑。

在離開之後，從民宿後的轉角處走出個人，冷冷瞪著兩人遠去的方向。

「……知道太多了。」

冰冷的聲音，一下子飄散在風中。

□

算著時間，還在下午的時候。

跳下車後，虞因馬上跑到那個土戲台前面，裡面依舊是深黑色的，像是有無數的眼睛從內部窺視著外頭。

正在思考著要從哪處找起時，突然有個人由後靠近他們。

最先發現的是站在後面的小聿，一轉過去之後，就看見有個乾巴巴的老頭提著髒污的袋子站在他們後面，「又是你們這些少年仔，架愛跑來這種地方！不是講了不要在這裡亂亂跑……」

「呃，阿伯你是……？」莫名其妙被對方劈頭就罵，虞因連忙把小聿護到身後，看著很不友善的矮老頭。

對方的衣物很髒，看起來有點像流浪漢，不過仔細一看會發現大多髒污都是沾上去的，衣服本身應該並不破舊，也不像是那種穿很久沒洗的。

老頭的腳上沾著泥水，很有可能是剛剛從田裡走上來。

「你管我是誰，叫你們不要來還一直來，阿架到底係哪裡像觀光景點，眞的是亂亂來！」一邊不客氣地罵著，老頭一邊這樣講，「不要靠近戲台啦！」

被他一罵，虞因連忙拉著小聿走遠一點。

「對了，阿伯，你剛剛說又是我們……前兩天其他人有來過吧，那些騎腳踏車的。」看著正在把地上垃圾都撿到袋子裡的老頭，虞因很客氣地問著。

那矮老頭突然橫了他一眼，「賣共啊！一想到我就生氣！那些死猴崽子，真的是有夠欠揍的！」

被對方的怒氣給嚇到，虞因疑惑地發問：「他們是把你怎麼了嗎？」

「哼！那些猴死崽子，我一個老大人不小心摔倒在叫救命，結果一個逃得比一個快，害我爬了半天才爬起來。現在的年輕小孩真正是有夠沒家教的，厝裡大人不知道都在教什麼！要不是自己有起來，我死在裡面都沒人知道！」一想到那件事情就火氣爆大，老頭越罵越大聲，「來玩來玩！成天到晚只會玩，叫你們不要來也不會聽，叫救命就給我跑！再給我看到那群猴崽子，我就打到他們做狗爬！」

「叫救命？」愣了愣，虞因完全連結不到他話裡所指的到底是什麼。

「我摔到水溝裡啊！」老頭沒好氣地罵著，「戲台後面有個大水溝，已經好幾個人在那邊摔過了，都嘛是些白目的少年仔，愛試膽、愛亂跑的，一大堆一直摔，上個月還有人磕到頭破血流，每次警告你們不要在這裡出出入入就是不會聽！」

「大水溝？戲台後面有大水溝？」猛地聽到了很關鍵的東西，虞因連忙上去抓著老頭的肩膀，「在哪邊？可不可以帶我去看看！」

大概是因爲對方的態度太過於突然，矮老頭一下子也反應不過來，只罵了幾句之後，倒是領著他們走向黑台子的後方。

初次來時因爲土戲台後方雜草比較多，所以虞因兩人只是略微看一下而已，在出事後注意力也全都集中在台子裡面。當老頭拿著根鐵棍撥開草叢、露出裡面的大洞後，他們兩個都錯愕了。

那是個不仔細看眞的不會察覺有異的大洞，有可能是以前不知道爲什麼挖出來的，被雜草完全覆蓋住，隱約有種臭氣傳來，但是並不太明顯。

「這裡面之前被丟了很多垃圾，最近好不容易才清乾淨。」把鐵棍探入洞裡的流水中攪了一下，老頭攪了一團混著垃圾的爛泥出來。

看著有點深度的大洞，不要說一個人，兩個人摔下去可能也很難爬起來，「這個洞多久了？」才剛問完，虞因就看見洞裡面好像蹲著個人，五、六十歲左右，整頭都是血，手也朝不自然的方向折去，但是沒有兩秒就不見了，消失速度之快讓他以爲是自己眼花。

「差不多快二十年，我卡早年輕的時候這裡就有了，古早時這裡有河道，用來分流灌溉農田的，後來造路就封起來，不知道爲什麼就破了這個洞，反正現在也不是啥出入的地方，就放著不管了。」比比黑色洞穴裡流動的水，老頭這樣告訴他們，「這裡一直通會通到山頭另外一邊，不過那邊就不知道是怎樣了。」

「山頭那邊是……」

「喔，外縣市，那邊也有個鄉。」簡單地回答後，老頭再度把挑起的雜草給覆蓋回去，「現在知道沒，沒事的時候不要在這裡亂走，危險啦。」

「謝、謝謝。」知道對方其實出自於好心，虞因馬上道了謝，語氣上也變得比較輕鬆一些，「是說，阿伯你在這邊多久了？不會都是你在顧這間百姓公廟吧？」

看了他一眼，矮老頭語氣也較沒剛剛那麼凶惡，只是自顧自地撿著旁邊的垃圾；看見一些比較小的東西，小聿也蹲下去幫忙，「很久了，我年輕時就來了，不過不是撿垃圾，是來求明牌的。古早時候瘋大家樂啊，少年時不會想，贏得再多也都輸光了，本來我阿爸給我留了十幾甲田，到最後欠人家幾百萬跑路，沒錢沒飯，最後在這裡撿垃圾清理百姓公廟，才有三頓好吃。看看現在這樣子，古早時候我還請過小姐來跳脫衣舞咧。」

聽著過往的事情，虞因也沒打斷他，等著阿伯講了好一段時間之後停下來，他才邊幫著把撿到的垃圾放進袋子裡，一邊說：「所以那時候布袋戲班失火你也在這邊了？那是很久之前的事了。」

「是啊，那還眞是大事情。」搓著下巴，矮老頭毫不在意抹到臉上的髒污。

「那時候死掉多少人？」

突然怪笑了起來，矮老頭四處張望了下，「我看你兩個也滿順眼，說說也沒差，那眞是個笑話，死二十個人卻搞錯埋了二十一具棺材。」

「咦？都沒人發現不對嗎？」表面上裝出很震驚的樣子，其實也眞的是有點嚇到的虞因快速地問：「多一個耶，怎樣想都很奇怪吧！」

「不怪不怪，那個賣棺材的廟口吳仔調東西來的那天喝得醉茫茫的，拖來二十一具棺材，怕被人罵，也想多賺一筆，從火場裡面拖了個人般大的東西裝進去。那也是燒焦的，那時候誰也不知道那些屍體到底有誰，沒人來認，燒成那樣也沒人敢再看，就這樣給他混過去了。」邊笑，矮老頭邊搖頭：「這個地方這麼偏僻，沒人認屍也就都算了，全拖去埋囉。」

虞因聽完之後皺起眉：「你怎麼沒跟其他人說這件事情？」

「哈，那個吳仔給我三千塊，何必跟錢過不去啊，而且他去年死了，現在講誰還去挖棺材看屍體，別多事了。」揙揙手，矮老頭又笑了幾聲：「你看那個溝啊，去年這時侯吳仔喝了酒逛到百姓公廟來，半夜我在廟裡睡到一半聽到他在大吼大叫發酒瘋，隔天一起來就看到他摔死在那裡了。人啊，就是這個命。」

轉回過頭看著那個戲台，隱約地虞因似乎可以確定少掉的那個人當晚八成是因為那個洞而活了下來，而且後來還去找了民宿的老闆和老闆娘，但重點是為什麼找他們，而找到他們之後為什麼人不見了，老闆的女兒卻死了？

還有那個別墅幾乎變成猛鬼屋了？

一定是那世界的通路因為某種方式被連起來，大概眞的是經由他那批同學連起的，那麼那個殺人的是……？

「阿伯，謝謝了，我們要先回去了。」把最後一些垃圾塞到袋子之後，虞因也沒心情洗手了，拉著小聿就往機車的方向跑。

「有空再來咧。」對著兩兄弟的背影揮揮手，矮老頭把手上的袋子給束了起來，然後緩緩地拖著腳步走入了百姓公廟。

不知道是誰在桌案上供了米酒和水果。

他隨手把垃圾扔到旁邊，開了米酒坐在一旁的椅子上大口大口地灌下去，讓灼烈的酒再度竄過他已經沒啥感覺的喉嚨。矇矓間，許多黑色的影子就在百姓公廟周邊晃盪著。

有古老的，有新的，數不盡的眼睛在黑暗中閃爍著。

矮老頭怪笑了起來，空氣中充滿了廉價的酒氣，「看！看什麼看……林北一輩子都被你們那些明牌毀了……」

喔，他想到首歌，好像是那個誰……蔡秋鳳唱的歌吧？

嘲笑他們人生的歌，歌詞他都忘了，就記得幾句自己胡改的——

「我夢到一隻豬，夢豬講我北七……」

然後，他再度怪笑了起來。

□

「這個是怎麼回事？」

在另一個警察整理好筆錄先離開之後，一太指著虞夏手上的包紮問道。

瞄了他一眼，虞夏隨口講了一下遇到的事情，不過只是簡述，並沒有講太詳細，所以幾句話就講完了。

「話說回來，對於那個戴面具的人你還有什麼印象嗎？」

這件事情整個就太過於離奇了，就算做了筆錄也不能證明什麼東西，雖然因爲鄉土環境而比較相信這樣的事情，但是眞正辦案上這種怪異的話是不能拿出來的。

「眞的要說印象的話……大概是他在殺人時方式有點怪吧？」接過了對方倒來的水，一太偏著頭想了一會兒，「一般如果是攻擊人，不一定要刺在某個地方，但是在我避開之後，那個人不曉得爲什麼很堅持必定要刺到那個位置，才會繼續下一個方向。」

「執著在固定位置嗎？」

聽到這樣的攻擊模式，虞夏也有點訝異，這其實並不常見，畢竟人在持刀刺殺另外一個人時變數實在是太多了，如果眞的要致對方於死地的話，應該會按照當時的狀況造成不一的傷口。他前幾年見過類似這樣的案件，但是也僅此一次，是死者家人的復仇，按照受害者的傷痕對殺人者動手的，不過前提在於對方已經失去反抗之力。

「是的。」點點頭，一太拉著衣服檢視了自己身上大大小小的傷口，「看來似乎沒有我所想的那麼嚴重……」

「已經夠嚴重了！」皺起眉，搞不清楚他腦袋裡面裝什麼的虞夏罵了聲：「你就在這邊好好地休息，家裡那邊有沒有人要過來？」

事情發生之後，已經不少家屬塞爆了地區警局了，但是就唯獨這個學生家裡一點動靜也沒有；沒有到警局威脅謾罵，沒有到民宿找公道，也沒有威脅叫媒體或公諸在網路上面。在電話聯絡之後，那端不知是不是家人的人也僅請求警方先幫他辦理些必要手續而已，相當地冷淡。

虞夏知道有部分家庭確實是這樣，親子關係就像陌生人，但這並不是小事，這樣漠不關心也太過分了點。

「啊，我吩咐過他們不用過來的。」微笑了下，露出自己差點忘記這件事情表情的一太用奇怪的話回應他。

「吩咐？」虞夏有一瞬間沒有反應過來。

「是照顧我起居的人，我家的大人在國外。」沒有在意對方訝異的表情，一太隨口解釋了下，「我想也不是很嚴重的事情，何況我也成年了，所以不用麻煩他們跑這一趟。」

「……」想了想，也不是很想過問別人事情的虞夏站起身，反正住院問題讓當地警方自己去頭痛就好了，「那你繼續休息吧，晚點我叫虞因過來陪你。」這樣剛好也可以讓現在還在亂竄的那個渾蛋待在固定地方。

之後，虞夏又問了幾件事情才離開。

等到病房外的說話聲全都遠去之後，確認了都沒有人，一太才拉掉手上的點滴爬下床。旁邊的小櫃子裡面有一些衣物和零錢，是早些點時間虞因拿過來的，大概是怕他自己一個人要出去買東西不方便。自己的行李應該還在那棟別墅裡，這些大概是虞因個人的。

聽著病房外的動靜，他微微笑了下。

約在十多分鐘之後，巡房換藥的護士打開了房門。

迎接她的只剩下空蕩無人的白色空間。

10

他們最後還是回到了別墅。

因爲是下午時間，當天空還是大亮的時候並沒有發生到任何異常。可能是現在警方專注在搜索上面，所以別墅外也沒有其他人來了，頂多是久久一次會看見騎著機車的巡邏員警經過。

再度打開了別墅大門，虞因突然驚覺自己好像是頭一次這麼「早」來這個地方，前面幾次幾乎都是半夜摸進來的。

後面的小聿突然拉了他一下，視線放在他揹著的工具上，似乎帶了一點不安。

「……安啦，反正他們自己說我們可以出入的，頂多敲破地板的錢再賠給他們就好了。」循著視線看到自己揹著的一袋工具，那是向旅館的人借來的，聽說是他們平常改建旅館一些小造景所用的工具。

因爲這次事情急迫，虞因已經等不到他二爸那邊把事情全部查清楚了。他算了一下，已經過了好幾天，那些人本來沒死的也差不多都快死了，無論如何他一定要先確定自己到底有沒有猜錯；就算要賠錢，他也會拿自己全部的積蓄賭下去。

鎖好了大門確定一時應該不會有人來之後，虞因直接走向那間一樓的雙人房。

到處都靜悄悄的。

某種像是老鼠在跑的聲響從地板下傳來。

他不知道爲什麼認爲一太的直覺沒有錯，地板下面一直都很吵，一開始他們也注意過那個聲音，但是並沒有放在心上。

如果說這間房子有問題，那麼十之八九就是出在這個地方。

用力拉開已經解鎖的拉門，虞因一眼就看見床邊坐了個黑影，在砰的開門聲中斷之後那個影子也完全消失。他很快地把矮床給踢到旁邊去，然後用借來的工具開始把地板上的裝飾木一塊一塊地扳起來。

看他眞的打算挖了這個房間，小聿也蹲下來幫忙拉開木板。

巨大的房子中不斷傳出木板斷裂的聲音。

大概過了一個多小時之後，他們已經把房間原本擺放床位的地板全部弄開來，木板被丟得四處都是，破壞之後的地板下露出了醜陋的灰白色水泥痕跡。

一摸到水泥面時，虞因覺得整片灰色的水泥都是冰冷的，而且冷到令人奇怪的程度，幾乎讓人縮手，好像這是冰塊而不是水泥。

又弄開了幾塊板子，看見旁邊的水泥地之後，小聿愣了一下，連忙用力拍了拍虞因的肩膀讓他也看向這地方。

在冰冷區域旁邊的水泥地上面出現了黑斑，不是普通的那種陳舊痕跡，而是如同蟲一樣扭曲的怪異斑紋。

摸了摸那些斑紋，虞因發現那不單純只是顏色，而是種凹下去的痕跡，不知道是抓出來的還是被腐蝕的，總之到處都是，非常詭異。

讓小聿站開之後，虞因拿起工具包裡的尖鎬，對著冰冷的水泥地面重重地敲了好幾下。似乎並不相當厚實的水泥地很快就出現了裂痕，碎開來之後再挖掘了一會，下面就是泥土層了，幾乎同樣冰冷的泥土層讓虞因皺起眉。

看著這麼薄的水泥層，虞因有點驚訝，畢竟房子在建造時都有一定的規格章法，但是顯然這邊有點不太一樣。

往泥土層又挖了好一陣子，最終鏟子碰到了東西，戳了兩下發現似乎是塑膠袋的聲響。

虞因和小聿對看了一眼，兩人不約而同伸手一起將那個應該是塑膠袋的東西給拖了出來，不過因爲年代有點久，塑膠袋被這樣一拉，突然破了，裡面露出了搭棚子用的防水布。

「他好像是埋直的耶……」注意到東西呈長條狀往下插而不是橫放，虞因有點頭痛了，只好又花了許多時間再把旁邊的土挖鬆、挖開。

等到窗外天色幾乎都變成橙紅色之後，才挖出了個大洞來。

抓住了防水布，兩人再度合力將東西往上拉。這次那條東西鬆動了，在幾分鐘之後一點一點地被扯了上來。

那是只比虞因高一點的大型物體。

其實他還未開挖時心裡隱約就已經有底了，不只是他，說不定旁邊的小聿在挖開看到的那一瞬間都有同樣的想法。

整包東西和泥土一樣非常冰冷，活像是剛從冰箱裡拔出來的，讓他們連手指都凍得有點發紅。

站起身，小聿打開了房裡的燈。

亮度提高後，他們看見物體以紅色尼龍繩綁得相當牢固，起碼有十幾圈，還圈圈都打了死結。拿了剪刀把那些尼龍繩剪開，虞因翻開了那層防水布，底下用一樣的東西包了很多層，一層層不斷掀開後，某種難以形容的惡臭也開始從裡面散發出來。

拉開最後一層之後，底下是已經發黑溼透的痲布料，扯開時，裡面的腐肉就跟著被撕開、流出了黑色的液體。

摀著嘴巴，虞因當場衝去廁所吐了。

還呆在原地的小聿倒沒有跟著一起衝過去，只是默默地拿出了背包裡的手帕摀住嘴巴和鼻子，不過那股強烈的惡臭幾乎完全沒有減弱。

在燈光下，包裹在最裡頭的就如他們所預料的是具屍體，但是屍體才只腐爛到一半，整具遺體泡在冰冷的黑水中，皮肉全呈現黑色，夾著怪異的黏液。

如果沒有弄錯，這應該就是他們要找的第二十一個人，但推算死亡時間，對方起碼應該已經死了五年以上……

摸了摸冰冷的泥土，小聿猜想應該是這種低溫造成了屍體現在還保存著，但是那個低溫現象卻不知是從何而來。

吸引小聿注意的是這具屍體穿著厚重的外套，已經看不出來原本是什麼樣子了，臉上戴著面具，完完全全就是攻擊他們的那「東西」的外型。

「這味道真是夠嗆的。」

轉過頭，小聿看見第三個人站在門口。

□

虞因從廁所吐個半死出來之後，第一眼就看見不該出現在這邊的人。

「你來這裡幹嘛？」連忙跑過去，他一巴掌直接打在一太的肩膀上，後者不知道是什麼時候來的，回頭微笑地望著他，「喂！你應該在醫院裡面好好休息吧！」

「嗯……不親自過來處理事情不太安心。」回以莫名其妙的話，一太看了一眼放在泥土上的屍體，接著慢條斯理地摀住自己的口鼻。

「啥意思？」

完全聽不懂他的話，虞因整個腦袋被那種強烈的惡臭刺激到暈暈的，一聞到已經擴散出來的臭味又想衝回廁所了。他以前見過的屍體味道都沒有這麼可怕，這個簡直都要變成毒氣了，熏到讓人想暈倒。左右張望了一下，他在客廳弄了件不知道是誰的外套也捂住自己的下半臉，免得眞的難過得昏過去。

沒有回答虞因的話，一太只是默默地看著防水布裡面的屍體。

拿來旁邊的鑷子，還蹲在一旁小聿在屍體邊上撥了撥，某種細微的聲音傳來，接著一個小塑膠袋被他撥到旁邊。

這次這個就沒有綁了，撥弄了幾下，裡頭的東西滾出來，是把尖刀，上面不知道爲什麼會有紅色的血跡，和黑色的液體混在一起格外地詭異。

「面具應該是被別人綁上去的。」靠近腐屍，一太接過工具把屍體的頭顱往旁推了下，讓其他兩人看見了腦後倒綁的死結。

「我打電話給我二爸。」實在是受不了這個味道，虞因拉著還想弄屍體的小聿退出了房間，然後拿起了自己的手機先拍了幾張相片，接著就撥通了虞夏的號碼。

手機等待接通時，他看到了讓他目瞪口呆的畫面。

還留在房間的一太站在屍體旁垂目注視，眼神異常冰冷，冷得讓人有點發寒，幾秒之後他舉起腳，重重地朝戴著面具的臉部踩了下去，動作自然得好像他只是踩在柏油路上，完全不突兀。

腐屍的頭部發出了某種奇怪的聲響，然後面具和臉部就凹了個角度下去，呈現了非常詭譎駭人外加點滑稽的畫面。

在地上蹭了蹭腳底之後，一太轉過來剛好面對虞因全然錯愕到不知道應該做什麼反應的臉。「禮尚往來而已。」他微笑地說，感覺好像不過就是踩了隻蟑螂：「毀壞屍體理由什麼的隨便你講，說實話也可以，我不介意。」

因為他的態度太過於自然了，反而讓虞因完全反應不過來。直到旁邊的小聿用力拍了他好幾下後，他才意識到手機已經接通了，通話另端的對方都傳來罵聲了。

匆匆說明找到屍體和一些大概狀況之後，他連忙掛斷手機。

似乎沒有打算讓他追問的一太逕自晃向公用廁所，開了水洗鞋子。

實在不想知道面具下的臉變成怎樣，虞因壓下了還想吐的感覺，就推著小聿到玄關等人了，順便打開一些門窗讓空氣流通。幾分鐘後一太就過來了玄關邊陪他們一起等，也沒有要回醫院的舉動和意願。

很快地，警車的聲音從傍晚的道路上傳來。

□

在別墅被拉起封鎖線之後，他們三個也被叫到了一旁。

「我不是叫你不要亂來嗎？」一拳直接摜在虞因的頭上，跟著警方過來的虞夏直接凶狠地劈頭就罵。

「唉呦……不是有發現嗎？」捂著劇痛的腦袋，差點沒被自家二爸打趴在地上的虞因無限委屈地縮著身體，「還有那個臉是不小心踩到的……」

他還是決定包庇了一太，不知道爲什麼，畢竟故意毀損屍體在某個程度上來說是有罪的，雖然這樣做非常不妥，但他還是選擇了這邊。

虞夏揙揙手表示那沒什麼，反正自家小孩之前也曾和屍體腦袋撞腦袋，在紀錄上寫一下就好了。「還有你，跑出醫院幹什麼？」這次他矛頭對準了旁邊正在喝杯裝水的一太。

「我有在傍晚運動和跑步的習慣。」一太回給他會讓人吐血的答案。

一視同仁地朝眼前不怕死的小孩頭上巴下去，虞夏板起臉狠狠地把三個來挖屍體的小孩全部教訓了一頓，之後才讓別人帶開做筆錄。

很快地，蓋不住消息而引來的媒體記者包圍了別墅四周，閃光燈在黑色的天空下格外耀眼。

轉頭看著另外一端，虞因看見了警方聯絡來的民宿員工，但是並未見到老闆和老闆娘，面對一些詢問，員工也都一頭霧水，連連搖頭說不知道，雙方又打了一會兒的電話還是聯絡不上別墅的主人。

看著圍在線外面的好事人群，虞因突然看見了民宿老闆站在遠遠一角，掛著一種非常冰冷的表情盯著他們。

「二爸，我離開一下。」注意到那個人突然轉身離開，虞因連忙丟下這麼一句話追了上去，後面的小聿也跟著跑了過去。

「給我站住！」

拉住了正想追上去的虞夏，一太突然就衝著他莫名地微笑，「虞警官，那邊有人在叫你。」他指著屋裡正在對他們招手的員警，這樣說著。

氣急敗壞地瞪了一太一眼，虞夏隨手招來了員警讓他將人送回醫院之後，轉頭就往屋裡走去。

另外一邊，脫出了圍觀民眾之後，虞因在小路的盡頭看見了民宿老闆快步往黑暗中走去，他沒有多想，拉著小聿就追了上去。

持續追著對方好一會，跟著繞過了小樹林後，他們才發現老闆的最終目標是那座百姓公廟。

他就這樣站在黑色的土戲台前。

感覺到四周的溫度偏低，虞因下意識地搓了搓手臂，看見老闆動也不動地站在那邊等他們，似乎完全料定他一定會追上來。

環顧了一下，虞因沒有看到早先遇到的那個矮老頭，估計不知道又跑去哪邊撿東西了。

重新將注意力擺在民宿老闆上，他試圖開口：「剛剛爲什麼你不過去，警方在找您喔？」

「你知道多少？」沒有招呼作態，謝清海劈頭就問。

看對方連打哈哈僞裝一下都沒有，眼神非常不對勁，虞因就心裡有底了。

「我不清楚你在說什麼，如果你是指剛剛挖出來的那東西，那就是一連串的巧合所造成的結果。」聳聳肩，虞因用我也是千百個不願意的態度告訴對方，「要藏東西也藏好點嘛，眞是的，害我浪費一堆時間才挖出來。」

「爲什麼你知道我把屍體放在那邊？」盯著眼前的兩個學生，語氣非常冷淡的謝清海森森地詢問著。

虞因笑了聲：「我沒有說屍體是你埋的。」

「你套我話也沒用，那時候我可以殺死一個，現在把你們兩個殺死也無所謂。」搖搖晃晃地往前走，謝清海從口袋裡抽出了水果刀、退出了塑膠鞘，表情空洞地直逼向他們。

「你確定你只殺死一個人嗎？」護著小聿開始往百姓公廟的方向退去，虞因瞇起眼問著，「你眞的只有殺死一個人的話，那爲什麼整個布袋戲團的人都會跟著到你的別墅裡面？那麼多地方不去，爲什麼非得等到這個時候，搭著那些學生進去你的房子裡面？」

他想過這件事情，想過好幾次，但是一直都是無解。

僵硬地扯動了嘴角，謝清海吸了吸鼻子，表情相當不自然，幾次臉部閃動著不規律的抽動，讓他看起來有些猙獰，「看來你真的知道不少……一開始我就反對瑜芬讓你們進去找……算了，現在收拾也沒關係……還來得及……」他的話斷斷續續的，時小時大，讓人並不能完全聽得清楚。

銀白色的刀被高高舉起，像是處決時刻已經到了，他露出了笑。

「沒關係，還來得及。」

□

虞因抓起身邊的長椅丟了過去。

已經沒時間去管這間廟裡的東西會不會抗議了，他一把抓住供桌就往旁邊用力一甩，桌子發出了悲慘的聲音橫了幾十度，上面的花瓶應聲而倒，才剛被裝滿的水全都灑在桌面上，不斷地擴散開來。

「那不是我們的錯……」失神地這樣呢喃著，謝清海一刀插進了塑膠的花瓶裡，然後甩開了附在上面的物件，接著將橫在前面的桌子一點一點往旁邊推。

抓住了這點時間，虞因拉著小聿往廟後面跑。一踏出廟後方時他頓住腳步，看見出口處站滿了人……不是人。黑色的人影在外面圍了一圈，青色的目光直視著他們。

不知道他為什麼停下來的小聿連連推了他好幾下，後面傳來了巨大的聲響，供桌似乎被人掀開了，轟然的聲音回盪在黑夜當中。

像是專程在等待他們一樣，無視於後面危險的程度，黑影突然開始向他們招手了。

「去你們的！不要太不知好歹了！」凶狠地罵了一聲，認為活人威脅比死人還大的虞因心裡一橫，拉著小聿就往有空隙的地方衝，「回頭再找你們這些死渾蛋算帳！」不幫忙就算了還陷害他們，有沒有搞錯！

那些黑色的影子不斷騷動著，隨後就被後面的刀尖沖散了。

跑出廟宇之後，虞因看見空地附近都是模糊的影子，他分辨不出這些到底都是來看熱鬧的，還是……？

被拉著在後面跑的小聿突然踉蹌了一下，差點連虞因一起拉著摔倒，他回過頭正想拉人時，就看到剛剛那些黑影從反方向拉著小聿的衣服不放。

「不要搞錯了！你們要找的是我不是他！等事情過後愛怎麼來都隨便你們，快給我放手！」衝著那些該死的黑影一吼之後，虞因看見那些黑影猛地咧開了像是嘴巴的一條縫，全都是向上揚的，露出了裡面紅色的部分。

他聽見有人在他耳邊笑了幾聲，冷冰冰地拂了過去。

那一瞬間，所有黑影全部散開了，取而代之的是直接朝小聿腦後刺下去的尖刃。

快了對方一步將小聿拉回來，虞因避開了那把刀，就在他想有可能會完蛋的同時，站在他們面前的謝清海突然發出了個怪異的聲音，然後整個人猛地摔倒在地，原本要朝著他們刺下來的水果刀落在地上發出了聲響，接著被人給一腳踩住。

「我說……好歹我也是傷患，你們能夠不要跑那麼快嗎？」彎腰拾起了那把水果刀，隨後才追上來的一太轉著手上的刀，一個回身重重地踹了正想爬起來的謝清海一腳，正中他的胸口，把人踢在地上拚命咳嗽暫時無法掙扎爬起，「還有……阿因，如果你每次都是這麼危險的話，我建議你最好去學點防身術會比較好一點。」

他將水果刀轉了一個方向，將刀柄那邊遞給虞因。

接過了水果刀，虞因有點尷尬地點點頭，「謝謝。」

蹲下身，一太拉了拉謝清海的衣服，就著衣服直接把人給打結起來讓他無法動彈。旁邊的小聿則是拿出自己的手機，看見錄音模式還在進行中之後他也鬆了口氣。

看看已經停下掙扎的謝清海，先脫下外套把刀包起來的虞因嘆了口氣，「失火那時你不是去買飲料，對吧？」

冷眼回望著他，躺在地上的人突然怪異地笑了，「你在講什麼？」

看他的樣子似乎是不會透露任何話了，虞因嘆了口氣，「好吧，那麼你爲什麼要殺他？你到底跟他有什麼仇啊……」一想到埋屍的方式，還有挖出來的那種畫面，他又開始有點想吐了。屍體的味道好像一直沾在他們身上，到現在還隱隱約約可以嗅到那令人作嘔的氣息。

「我當然要殺他……那個小子敢跟我女兒……」模糊地說了幾句話之後，他又靜下來了。

「你女兒在哪裡？」

這個問題像是突然刺痛了謝清海，他咆哮了一聲，不知道從哪裡來的力氣，突然惡狠狠地撞開了正壓制他的一太，然後掙扎站起來衝向站在前面的虞因。

還未來得及反應過來，一張椅子就當頭朝謝清海砸了下去，他整個人被砸暈在地上。

「又是你們這些死崽子！」打了一個嗝，抓著椅子的矮老頭語意不清地罵了幾聲，「還多一個！」

注意到他是從黑戲台下面出來的，虞因連忙扶住腳步踉蹌的矮老頭，同時也從他身上聞到濃濃的酒味，「阿伯，你酒喝那麼多喔？」

「一罐米酒而已。」將人給揮開，矮老頭蹲下身，就著昏暗的燈光打量著謝清海，「我還在想是哪個傢伙把百姓公廟撞得大聲小聲，原來是你這個大老闆……按怎，今天又不是祭日……來拜你那些團主朋友啊……哈哈……早就跟你講過免拜了啦……送人往生還來拜人……」他大笑著拍了拍地上那個人的肩膀。

「免了免了……拜不動啦……」

和虞因對看了一眼，一太蹲在矮老頭旁邊細聲地詢問：「請問他送了誰往生？」

嗝了聲，矮老頭斜眼看著他：「猴崽子，告訴你們也沒關係啦……這個大老闆啊，上戲那天因爲一個女人在後台跟人吵架……後來拿了罐東西砸了人，大火就燒起來了……你看他每年都會來這裡拜……拜沒用啦……燒死那麼多人……」

「那時候吵架你有看到？」錯愕了下，虞因暗罵自己早些時候應該問得更清楚才對，害他們又繞了一圈。

「廢話……不然你以為是誰在幫他們撿垃圾買茶水啊……」搭著一太站起身，矮老頭指著地上的人：「他啊……帶女人進後台，那個女人一屁股……坐在放偶的箱子上……團主就抓狂了啊……吵得很兇啊……台上在吵，後面也在吵……後來他拿了個瓶子砸在團主身上，就砰一聲燒大火了……」

「瓶子裡面是什麼？」虞因連忙追問。

矮老頭搧搧手，表示自己不知道，接著抓著那張椅子，又搖搖晃晃地往黑戲台的方向走過去。

幾個人對望了一眼，同時鬆了口氣。

看著地上已經昏過去的人，這次一太連他的腳都用外套綁好，然後才看向虞因：「那這個人就麻煩你了，阿因。」

「咦！我要扛回去嗎？」估計至少有七十公斤的人，虞因腿軟了。

「我是傷患喔。」一太露出了非常溫和的微笑。

旁邊的小聿則用一種「我會垮掉」的表情看他。

哀號了一聲，虞因開始覺得自己沒事追過來眞是自找麻煩。

「騙你的，我們打電話請虞警官他們帶人過來吧。」拍拍小聿的肩膀，一太還是維持著騙死人不眨眼的溫和微笑。

一聽到他這樣講，虞因才想起來他們都有手機這回事，就連忙走去旁邊打電話了。

看了地上那個人一會兒之後，確認他應該暫時沒辦法醒來的小聿才轉過頭。一回頭，發現站在自己旁邊的一太正用一種若有所思的表情看著自己的手掌。

注意到注視視線後，一太衝著他微微地笑了下，「沒事，只是覺得剛剛那個阿伯的身體跟手很冰冷而已，希望不要在這種熱天感冒了。」

他們同時望向了黑色的戲台，隱約還可以聽到喝酒打嗝的聲音。

沒多久之後，接到消息的警車駛入了空地。

於是，謝清海被逮捕了。

11

他們趕到民宿的時候，她如同平常一樣在櫃台裡，像是迎接客人般等待他們上門。

她說：那時候他們眞的不是故意的。

她說：因爲她已經懷孕了，那天是去團裡找她男人。

她說：她只是很不舒服所以坐在旁邊的箱子上，但是卻被團長重重推倒在地。

她說：他們不知道那瓶多出來的東西裡面是汽油。

她說：他們不曉得團長會摔在電線上，造成火花爆裂。

她說：他們已經來不及救人，只好逃走。

然後，她沉默了。

「王瑜芬拒絕回答任何問題。」

在抓到民宿主人之後的第二天下午，坐在病床邊的位置上，虞夏告訴其他三人大致上的狀況，「但是她很明白地表示，他們的確不知道失蹤的十八人到底在哪邊，當初會同意阿因去找，也是怕警察頻頻出入房子會發現什麼；另外謝清海那邊同樣問不出話來，整個人相當暴躁失控，砸壞了不少東西，暫時請醫生幫他打了鎮定劑，過段時間再繼續偵訊。」

點點頭，重新被送回醫院的一太半躺在床上，然後轉過去看著旁邊的虞因兩兄弟。

「老闆有提到他女兒，你們有查點啥出來嗎？」想到了那個小女孩，他莫名地無奈。

虞夏搖搖頭，說了句什麼都查不到，不過他懷疑那面牆有問題。如果香味不是畫本身所有，那一定就是有人長時間對著畫點香。

但是就一般情況來說，沒有理由對著畫長時間奉拜的。

提出這點之後，警方那邊也覺得有問題，所以已經提出申請，可能今明兩天就會帶著文件去拆開那面牆壁。

站在自己的立場，虞夏當然是希望什麼都不要挖到比較好，寧願做白工也不願意看見那裡面有什麼物體。

「對了，小聿，因爲你看過那些香，所以等等你跟我回警局指認看是不是一樣的東西，我們在民宿的辦公室裡找出了一大包。」想起來自己的另外一個目的，虞夏這樣告訴另外一個小孩。

小聿連忙點頭，有點急躁地看著虞夏，像是想立刻去確定那東西。

「那二爸你們先過去吧，我和一太在這邊等你們。」虞因突然開口催促了一下，「今晚我就睡這裡吧，反正有家屬床。」

「就這樣吧，你好好在這邊照顧你同學，晚點如果沒事我會再過來一趟。」說完虞夏就起身，帶著小聿一起離開房間。

門關上後外面傳來一些講話的聲音，很有可能是留在這邊的其他員警。

一下子安靜下來之後，虞因看了手錶和外面的天色。

拿過床邊櫃子裡放的冊子，一太隨手翻了翻。

「說明書幹嘛看得那麼仔細！」本來還以爲他是在看雜誌還是小說，結果仔細一看，虞因看到的是本使用手冊，病房的一些搖控和電視之類的設備如何使用。

「不好意思，我無聊時的習慣。」聳聳肩，放下手上東西之後一太這樣回答他。

「我幫你去買點書好嗎？」其實說真的，他跟一太並不熟，只是見過幾次面、有小小的交情，所以虞因有時候真的摸不懂這個人在想什麼，現在比較常跟他搭在一起的阿方也不在，也不曉得能講話講到什麼程度就是。

「麻煩你了，我想起碼要住個幾天。」看了下自己手上的繃帶，還是很漫不經心的一太邊說著：「書本不用挑，什麼都看。」

「好。」在包包裡面翻出自己的零錢包，虞因想著另外買點吃的。

盯著同校的朋友看了半晌，一太打開了電視：「醫院外面有五金行，你買球塑膠繩回來吧，紅色或黃色的那種比較亮眼。」

錯愕地轉過頭看著一太，虞因真的被他嚇到了。

偏過頭看他，似乎不覺得自己的話有什麼驚人，一太勾起微笑，「這樣比較好找人，對吧。」

「你知道我在想什麼？」大概呆了半晌之後虞因才回過神，沒想到自己的計畫居然隨隨便便就被看了出來。

一太點點頭，「知道，我看你和你弟弟幾乎都混在一起，你叫他們明天再回來讓我覺得有點奇怪。」

嘆了口氣，虞因揚揚手，「再不快點找到他們，我很怕只剩屍體了。」

「我曉得，所以我沒有阻止你。」只提議對方要帶繩子，一太這樣告訴他：「如果沒事的話就打個電話過來，明天早上我就會告訴其他人去找你了。」

盯著一太看了良久，然後他才嘆了口氣，「難怪阿方每次在聊天時都說你這個人有點奇怪，還真的沒錯。」抓抓自己的頭，虞因垂下肩膀。

「我一點也不奇怪，只是個平常的人。」翻著手上的說明書，被說奇怪的傷患完全無自覺地如此回應。

很想跟他說「你根本就是個怪咖」，不過虞因還是沒吐出這句話來，因爲他突然想到一太踩爛屍體那件事，想想還是不要隨便得罪這個人好了。

「那就麻煩你了。」

□

傳眞機上堆滿了紙張。

「這也太誇張了，你是去調什麼資料過來？」邊打著哈欠，已經熬了一個晚上的嚴司翻著那一整疊的東西，密密麻麻的文字布滿整面紙張，大多是英文字，也有少部分混著中文。

「電子遊藝場的調查資料，已經被抄掉了，我問過一些人，當時虞因和少荻聿他們也牽扯在那件事裡面。」在傳眞機停止之後，黎子泓接過那疊兩、三公分厚的紙張，開始翻閱了起來，「當時遊藝場的冷氣口有化驗出東西，後來似乎被證實跟那個香有一樣的成分……不過我介意的不是這件事情。」

「喔？」想起來自己好像也是因爲電子遊樂場事件而和虞因認識的，嚴司開始好奇了。

「藥物本身效果很微弱，一、兩次似乎沒有作用，但是裡面的一些成分會令人上癮。除了遊藝場之外，四樓、少荻家的案件裡同樣都明顯出現了攻擊性行爲，但是讓我最介意的是少荻聿，他好像在遊藝場之後就跟虞因跟得很緊，有沒有異狀？」

瞄了一眼好友，嚴司見怪不怪地搧搧手，「那沒什麼奇怪的吧，被圍毆的同學其實認眞說起來人還不錯，也很好相處，個性上也滿有義氣的，後來也很照顧小聿，我想沒有什麼特別的。」算算他也滿中意這兩個小的，尤其是虞因，整他幾次都不會記仇，性格滿開朗的，現在要找這種打不還手的好小孩已經很少了。

「你不明白我的意思。」微微嘆了口氣，黎子泓很認眞地看著他：「我的意思是，爲什麼少荻聿沒有出現藥物使用後的攻擊性，也沒有出現其他症狀？」

被他這樣一講，原本還不覺得怎樣的嚴司也愣了下，「之前不是推測他被關在浴室很長一段時間嗎？所以很有可能藉此避開了那些香吧？」

搖搖頭，黎子泓皺起眉，「不太對。根據虞警官們告訴我的說法，他記得香的味道，而且似乎非常清楚，加上浴室不可能完全將那些煙氣排除，況且資料上顯示他每日還是有正常上下學；如果燃香點是在客廳的小神壇，那他上學出浴室到放學被鎖回去的這段時間，有可能完全不會吸到煙氣嗎？」

「……你說的有道理。」仔細一想，也開始覺得有點怪，嚴司回憶起之前和他們玩耍的那段時間，但是怎樣想都沒想出哪裡有問題，除了不講話之外，小聿就跟普通內向的小孩差不多，並沒有很明顯的外在表徵。

「其實我跟你一樣，這段時間在他們家出入也沒有發現什麼特別的地方，所以我才會覺得越來越怪。」最近常提著電動去探望人的黎子泓也是心裡充滿了很多的疑問。一開始他本想就近觀察這個小孩和虞家的互動，但是幾乎沒有任何異常。

連一點點都沒有。

「啊，我想起來了，奇怪的地方也不是沒有。」突然擊了一下掌，嚴司這樣告訴他：「小聿似乎完全沒有提過自己的家人喔，一般不是會要求回去看看之類的，或者拿點東西留念，不過他家裡的東西他完全沒帶走，直接住進被圍毆的同學他們家了，連一張相片都沒有拿，也沒有要求任何見屍體或墳墓之類的事。之前聽老大說他日常生活完全不受影響，也稍微會表達自己的喜好，但就是沒聽過他對家裡有什麼表現。」

黎子泓看向他：「你確定？」

「嗯啊，小聿也常常來找我玩咧，當然比你熟得多，你都板著臉完全不親切，怎麼會知道消息。」自傲地挺起胸，嚴司一臉就是我是親切大哥哥的欠揍表情。

「……」用一種很懷疑的表情看著自己的好友，接著黎子泓決定不理會他後面那一段，「我想等他們這次回來之後好好地談過一遍。」

聳聳肩，邊打哈欠邊打開冰箱拿了飲料，接著嚴司想起另外一件事情，「對了，那個滕祈你要注意一點，還有個小妹，他們似乎不簡單。」不知道爲啥，第一眼看到那兩個人的時候他就覺得有點怪異了。

「我知道。」對於那兩人身分也很介意的黎子泓表示自己有注意。

他曾經查過那個滕祈的底細，但是意外地什麼也查不到，資料上顯示他完全沒有任何可疑的地方，就像普通人一樣。

越看他們越覺得事情有點古怪，放下了手上的資料之後，黎子泓呼了口氣，整個人往後倒在椅子上。

才沉默了短暫的十多秒時間，擺放在桌上的手機突然響了起來，而且還是兩人的同時發出了不同的聲響。

「你好歹也不要用鈴鈴聲。」接收到對方的一記白眼，嚴司接通了電話，一板一眼的語氣從另外那端傳來，要他暫時先過去幫忙。

放下電話之後，他看見黎子泓的臉色也變得很差，應該也是接到相同的通知。

「那個傢伙死了。」蓋上了手機，黎子泓按著開始抽痛的額角。

對他們開槍的賣藥人的屍體就在剛才他們閒扯時被人發現了，後腦正中一槍，找到屍體時手腳都被綁著，顯然是他殺的。

「又要開工了。」

□

他再度回到這個地方。

黑色的天空不見雲也不見月亮，更詭異的是好像連星星都不見了，在黃昏之後呈現了一片完全漆黑的色澤。

虞因甩了甩手電筒，然後照射著空無一人的黑色別墅。

和之前幾次不同，這次他是獨行，不管怎樣在心情上總是有點不習慣……好吧，一個人壓力眞的有比較大。

越過了封鎖線，打開大門，他走進悄無一人的別墅裡。

挖出屍體的地方只剩下一個大洞，爲了方便作業所以紙門已經被整個拆下來，在屋子裡面走了一圈之後，虞因再度踏出來，在庭院外隨便找了棵樹綁上塑膠繩，然後就跳上了租來的腳踏車沿路放線，開始往百姓公廟的方向前進。

自己一個人時往往會覺得路途似乎特別漫長。

不過至少在他騎到超想摔車的時候進入了空地。

左右張望了一下，虞因沒有看見那個矮老頭，只嗅到空氣中似乎依舊有點淡淡的酒味，大概不知道又在哪邊喝酒了。

停下之後他站在黑色的戲台前面，用手電筒的光源晃了一下深處，照亮的那一秒他看見裡面全都是黑漆漆的影子，像是已經在這邊等他很久了。

如果不是時間緊迫，他死都不會自己到這個讓他頭皮發麻的地方。

數著那十八個人的名字，虞因決定在事情結束、人全部找回來之後，再一個一個去把他們給捏死。

繃著皮，他一腳踏進了黑色戲台下方，手電筒的燈也在瞬間跟著消逝了，幾乎就在同時，他聽見了四面八方傳來的低語，像是無數人在旁邊講話一樣，但是完全聽不懂在講什麼，聲音非常怪異。

再度踏出戲台之後，虞因注意到旁邊多了個影子，跟著他一起騎上了腳踏車。

然後他們緩行往別墅而去。

這次的車程似乎更漫長了，田野間的小路在很久之後指引他回到了別墅裡面，一進入寬廣的庭院，虞因就看見那裡停了很多台腳踏車。

全部有十九台。

抬起頭時，他看見每個窗戶後面都站了人，所有人都面無表情地盯著他。昏黃色的燈光將他們身後的影子拉得老長，像是每個人身後都還另外有著一個巨大黑影。

他聽到房子裡傳來無數的聲音。

看看綁在手腕上的塑膠繩，也差不多已經要放完。

別墅大門無聲無息地緩緩在他面前打開，裡面傳來了怪異的氣息，連一點擺設都沒有的房子空蕩蕩地等著他。

望著上面那些人，不知道從誰開始的，慢慢地向他招著手，就像之前看過的那種樣子。

然後虞因踏進了別墅。

大門轟然閉鎖。

□

尖叫聲劃破了寧靜的院內空間。

幾乎是在同一時間，一太翻起身，聽到那個聲音離自己很近，伴隨著撞門聲之後，很顯然有人從附近的病房裡衝出來。

大騷動很快引來了護理站的護士。

他一打開門就看見李臨玥被好幾個人抓著，漂亮的面孔整個扭曲了，蒼白毫無血色的嘴巴大張著，不斷尖叫掙扎，「放開我！他們在等我！」

「快點叫醫生！」不知道是哪個護士應了聲之後匆匆忙忙跑開了，剩下的三、四個人抱住一直想衝出去的女學生，「請冷靜一點！」

那時是清晨五點半。

一個護士哀號了一聲，臉上被刮出了細細的血痕。

「別吵了！」

從後面架住了不知道爲什麼力氣奇大的李臨玥，一太費勁地壓制住她。在走廊上都是尖叫聲和大叫聲時，其他病房的病人也被驚擾，邊揉著眼睛邊打開房門看發生什麼事情的大有人在，但是也僅止旁觀而已，沒有人敢上來幫忙制止像是發了瘋的女性。

所有人議論紛紛，猜測著這個病人究竟發生了什麼事。

在醫生急急被找來之後，很快地給李臨玥注射了藥物，她又安靜了下來，但是整張臉已經呈現死白，看起來有點恐怖。

幾個護士也被抓得到處都是傷痕，不過還是盡職地先把人給扶回病房。

看向四周好事的人紛紛關上門之後，一太看了下時間，然後回頭拿了薄外套披在身上就往外走。

正打算打電話給其他人時，他看見了虞夏和虞因那個弟弟從電梯出來。

「阿因沒有跟你在一起嗎？」

連招呼都沒有打，虞夏劈頭就先問他這句：「那個該死的小子，我撥了好幾次手機都無法接通，他在幹什麼！」他撥了幾次之後就發現不對勁了，所以把手邊的事情都交代完就過來這邊。

看著已經有點發白的天色，一太嘆了口氣，然後朝他們搖搖頭，「現在過去找吧。」

他才走了兩步，突然就被人從旁邊一把拉住，回過頭看見是虞因的弟弟用一種很怪異的眼神在瞪著他，站在後面的虞夏似乎沒有注意到這件事情。

「現在還不會有事。」輕輕掙開了小聿的手，一太很客氣地這樣告訴他：「我們一起去找吧。」

對於眼前這個人，小聿感覺不是很信任。

「我不知道要怎樣說明這件事，所以請別問我，去看看就知道了。」再度這樣強調之後，也不管另外兩個人的反應如何，他逕自往醫院大門的方向離開。

託剛剛李臨玥鬧出的騷動之福，護理站的人急忙在聯絡家屬跟醫生，所以並沒有注意到他大搖大擺地離開。

虞夏罵了一聲之後，也和小聿連忙追上去了。他們完全搞不清楚虞因和眼前這個學生在搞什麼鬼。眼下很顯然地若不跟他走，他們也不知道要去哪裡找人。

出了醫院之後，一太叫了計程車，一行三人重新回到了別墅前。

「那小子又跑來這裡幹嘛！」看著已經封鎖的別墅，虞夏決定晚點看到人要先揍他一頓再說。明明已經叫他不要再來這裡了，還是不聽話！

掀起了封鎖線，小聿連頭也不回地直接跑進了庭院外邊，站在一棵綁著塑膠繩的樹旁。看了半晌之後他拉起了塑膠繩，開始順著繩子往外走。

「我們也跟著過去吧。」看見小聿已經找到東西了，一太咳了咳，拍著虞夏的肩膀，兩人就跟在小聿後面走。

黃色塑膠繩延伸得非常地長，沿著田野直接往百姓公廟那個方向而去。

因爲是早晨時分，一些巡田的人從高高的稻葉間站直了身體，好奇地看著他們三個匪夷所思拉繩子的動作。

「發生什麼事了嗎？」有個戴著斗笠的人對他們喊了聲。

虞夏立刻對那人揮了揮手，表示沒有什麼事情。

拉著塑膠繩，小聿在中途看見了打結的部分，應該是繩子不夠長的續接，他順著繩子突然開始拔腿往前跑。

「小聿！」不知道他爲什麼突然跑起來，虞夏也連忙跟著追上去。

越過了林子後，追著繩子，小聿毫不猶豫地通過了黑色的戲台，直接往後面的雜草叢裡撞進去。

連忙抓住小聿，虞夏制止他衝進那一大片幾乎淹過人的荒廢草叢。「小心裡面有蛇！」這種地方搞不好不只有蛇，什麼毒蟲都有，他們幾乎都穿短袖衣物，貿然衝進去容易受傷。

抓住了虞夏的手，完全不想停下來的小聿張嘴就是狠狠咬了下去，在對方吃痛鬆手後他馬上鑽進雜草叢裡，也不管手上跟臉上被劃破幾道傷，抓著已經深入草叢裡的塑膠繩就不停地往內跑；原本棲息在這裡面的蟲全部被這麼大的動作驚嚇得四散亂飛，還有很多不知名的東西連忙竄走。

「小聿！快出來！」朝那股騷動的源頭吼了幾聲，虞夏撥通了手機連忙要求支援。就在他短短幾秒後掛了電話正要追進去時，才發現原本落在他們後面的一太不知道什麼時候也跟著鑽到草叢裡了，整片草枝被撥開，壓出了一條狹路。

仔細一看，可以發現其實在草叢下的地上有很多石頭，但是石頭形狀都有些怪異，有的長形有的圓方，有些下面似乎還壓著已經爛掉的布條，完全無法辨認出原本的顏色。

撿了幾顆石頭看清楚後，虞夏認出那是什麼，嘖了聲也跟著鑽了過去。

慢了一點追上去的一太邊撥開草枝邊把那些會割人的葉片向下踩，順便把路弄寬一點。

追了沒多久，他就看到虞因那個弟弟不知道爲什麼了停下來，就這樣赤著手突然用力拔起附近的割人雜草。

像是沒有痛覺般，那些草一下就把他的手割得鮮血淋漓，但他眉頭連皺都沒有皺一下。

一太看見了，黃色的塑膠繩最後沒入了泥土裡，就在小聿的腳邊。

「住手！」連忙抓住小聿的手，他脫下了身上的薄外套，用力撕成一條一條的綁在兩人的手上，「你這樣子，阿因會遷怒在我身上。」

看了一眼裹住手的布，小聿繼續用力去扯那些又粗又紮地極深的雜草，旁邊的一太也幫他將雜草拔除。

晚一點追上來的虞夏看見時，塑膠繩附近已經被清開了一小塊空間了。

把拔起來的雜草往旁邊推開，小聿蹲下身，開始往地上刨土。

「小聿，夠了！」注意到他的行爲已經有點失控，虞夏這次很強硬地把他給架了起來，隨便他怎樣咬都沒有鬆手。

「下面好像有東西。」比起來鎮定很多的一太在附近找了塊比較尖銳的三角石頭，對著地上已經有點硬的土層用力挖了幾下，因爲剛剛拔起的雜草連帶也鬆了附近的土層，所以敲開一部分之後，就容易挖了。

持續挖土動作一陣子之後，一太敲到個東西，他抬頭看了虞夏一眼，後者鬆了手，本來就在掙扎的小聿連忙掙脫來幫忙挖開剩下的土。

然後，下面出現了黑色的木板。

他們一路追過來的塑膠繩以非常怪異的方式插入了這塊黑色的木板，似乎代表這裡已經是盡頭了。

劈手奪過一太手上的尖石頭，小聿朝著那塊木板用力地敲了好幾次，意外地木板並不很厚，猜得出來是劣質的偷工減料品，敲了幾下後就發出了崩裂的聲音，出現了一個洞。

把洞敲大後，小聿停下了動作，和蹲在旁邊幫忙的虞夏與一太同時愣住了。

在那個洞後面露出了半張臉，半張屬於虞因但是已經變得慘白的面孔。而在光透進木板之後，他的腦袋後面出現了半顆已經沒有肉的黑色骷髏頭，微微露出的黑色眼洞朝上正對著他們，像是對破壞者感到厭惡，空空的黑眼洞裡什麼也看不出來。

某種異樣幽遠的笑聲消失在棺材之中。

後來，那當地醫生告訴他們，那一片地整個都是亂葬崗。

虞因被埋的地方開始往右邊挖掘，連同被砸壞的棺材一共起出了二十一具，和當時的新聞照上不一樣，所有棺材都已經發黑變成了相當怪異的顏色，打開後就見到那些消失的學生，每個人都躺在骷髏上面，但是卻沒有壓碎照理來說應該已變得脆弱的人骨，一一打開棺木後只有一具是沒人只有骷髏的。

最後，他們打開了第二十一具棺材，裡面什麼骨頭都沒有，一捲燒爛的黑色東西在鑑識員警的確認下，被證實是燒毀的塑膠布。

不過翻過空棺的木板之後，木板背面不知道被誰用血畫出了一張人臉，上揚著嘴巴正在笑著，因為年代久遠，圖案已經完全發黑看不清楚了。

這件事情轟動地方，連附近其他區域的人家也都聽到風聲。當學生們開始一個個被拉出來緊急送醫時，整片空地外已經塞滿了人，有的指指點點有的猛拍照，還有帶香燭水果來拜的，不過都被擋在外面以免妨礙救援。接著在那之後，是一整群記者包圍了百姓公廟，對著攝影機開始繪聲繪影地說著可能連在地人都沒聽過的當地傳說……

總之，這些事情是在三天後醒來又被揍一頓後，虞因所聽到的後續了。

警方那邊一直不曾對媒體公開學生到底是怎麼被埋進去的，大概連他們自己到現在也都搞不清楚是怎麼進去的。畢竟棺材在檢驗之後完全沒有被重新打開的跡象，生鏽的釘子完全咬死在木板當中，還有薄土上面生長的雜草也全無近期曾被挖開再放回去的樣子。

於是，被報導到全國性的新聞時又更離奇了，甚至還有搭了這波風潮弄了一系列猛鬼地探險的節目。

再之後，根據地方長輩說當年那些棺材應該沒有埋那麼淺，該是有點深度的，那時候小聿和一太很快就敲到棺蓋完全不合理；棺材應該是上浮了，至於為什麼會浮到那麼接近地表的地方，也沒有人可以說出個所以然。

據說學生方面除了脫水和幾日沒進食之外，一切健康，但是完全都不記得回旅館後發生過什麼事情，在尋獲學生們的第二天，李臨玥也清醒了，一副沒事人的樣子，被虞因逼問差點抓爛他頸子的事情也完全不知道。

經過幾天休養，大半完全康復的學生都被家長擰著耳朵拽回家了。

「是說我也完全不記得進別墅之後發生了什麼事。」把切片蘋果丟進自己嘴巴裡面，虞因看著隔壁床的同學這樣說：「大概在開門那邊還都有印象。」但關上門之後他就啥也不曉得了，只記得當時他那十八個同學恐怖的樣子。不過話說回來，不知道有不知道的幸福，一想到關門之後可能發生了很可怕的事情，他還是覺得自己不要知道對心理健康會比較好。

確定同學沒事之後，虞因也鬆了口氣，只是聽說得要賠店家腳踏車就是了。不過民宿的老闆和老闆娘都被扣住了，這筆錢還不知道要不要還。

關於他沒事去把人家別墅挖了個大洞，在虞夏的運作下好像也不會被追究，只不過他家二爸放話了，這次回去之後會讓他非常好看。

「沒想到去戲台幾次，都沒有發現其他人就在那邊。」虞因這樣嘆了口氣，不怎麼想去想回家會被怎樣好看，就隨便換了個話題。

「誰也不會知道的。」同樣在養傷的一太淡淡地說，然後翻著手上的雜誌，似乎已經對失蹤一事沒有太大感覺了。「當作是場夢吧，現在大家都醒了就沒事了。」反正說出去了肯定也不會有多少人相信，只要大家都還活著就行了。

「嗯啊。」

轉頭看著趴在病床旁邊睡覺的小聿，偏著頭，虞因偷偷拉了一下他的手翻看著，全部都包上了一層繃帶，白色的紗布底下是好幾道被草割得嚴重的傷口，還好那天有及時消毒，不然依照那些東西的骯髒程度都不知道會感染成什麼樣子。

他聽過二爸敘述當時的狀況，看著小聿，不曉得爲什麼虞因隱約覺得有點奇怪，但是又說不上來是什麼地方不對勁，想想就算了。

下午時間，虞夏進來了。

「民宿的牆壁裡挖到屍體，是小孩的，就在那幅畫後面。」他告訴包括當時已經清醒的小聿三人，警方在敲開牆壁後發現那是個夾層，裡面包著一具已經變成枯骨的小孩屍體，「老闆娘已經坦承那是他們的女兒了，他們經常在員工下班後對那幅畫燒香，因爲擔心香的數量不對會被發現才另外購買，不過在那之前他們已經用同一批香祭拜死於戲台裡的戲班，所以應該有很久一段時間了。」這就和他們的推測差不多了。

「有說他們女兒是怎樣死的嗎？」知道女孩死時年紀應該還不大，對拜戲班沒興趣的虞因追問著。

虞夏搖搖頭，「沒說，不過法醫勘驗是死於銳利的刀器，致命傷是心臟處一刀，比對之後與別墅下的屍體是死於同一柄凶器，也就是當時放在旁邊的刀。」

嘆了口氣，虞因也不明白是哪個環節出問題才會造成這種結果。

「對了，謝清海夫婦完全不肯開口，但是他們指名要見到你才肯講出所有的事情。」看著自家小孩，也不知道為什麼對方會提出這種要求，虞夏皺起了眉。

「我單獨跟他們兩個？」虞因指著自己，很訝異。

「當然會有個員警保護你。」白了他一眼，心裡明白如果想要有進展還是得讓這傢伙走一趟，但是虞夏總覺得隱約有點不安。

「也好，我有事情要問他們，要一次攤牌也可以。」想著還有幾點沒釐清，虞因很配合地點了頭。

「好，我去安排。」相當乾脆地站起身，走到門邊時虞夏才回過頭看著一太，「別墅下那具屍體也已經相驗完畢了，同樣的凶器在他身上總共殺傷了十三刀，傷口都很深，有好幾刀都在致命處，幾乎是當場死亡。」

不以爲意地點點頭，顯然已經對屍體沒興趣的一太並沒什麼反應，只說了聲他知道了而已。

「法醫幫我們排了傷口位置，我想應該跟你身上那些是一樣的。」

虞夏最後告訴他這段話。

□

之後又過了幾天，虞因被安排上警局，小聿就緊跟在他後面。

然後他和謝清海、王瑜芬在一間房裡見了面，旁邊還有個做紀錄的員警。

打量了一下，兩個人似乎又更瘦了，而且老了好幾歲的樣子，連白頭髮都冒出了，跟前幾日虞因第一次見到他們的時候很不一樣，謝清海甚至快萎靡了，和那一日要殺他們的那種氣勢完全不同。

「你到底是誰？」

看見他時，謝清海這樣問著。

「……普通的大學生啊，第一次見面的時候我就拿了學生證給你們看了。」聳聳肩，基本上並沒有說什麼謊的虞因再度秀出自己的學生證給他們看：「只是我是特地下來找我的朋友，無論如何我都不可能放著他們不管。」

雖然裡面有很多是欠揍的，不過大家總歸都是好朋友一場。

盯著老闆一會兒，虞因拿出了一個銀色的東西放在桌上，「這應該也是你的東西吧，我再怎樣想，除了你們還有第三把鑰匙之外，就想不到別人了。」

那時候他們在別墅裡撿到的，另外一支截斷的鑰匙。最早那個後來和李臨玥的合過，斷面嵌合無誤。

盯著桌上的銀色小物，謝清海在身上摸了摸，扔出了一支斷掉的鑰匙，確認了虞因所想無誤，很有可能在那之後他們怕屍體被發現，所以曾再回去，但是不知道鑰匙爲什麼就斷在那裡了，也直接造成那東西後來直接衝出來追他們。

「我們栽在你手上了。」怪笑了一聲，民宿老闆語氣相當地冰冷，似乎不帶特別的情緒。「到底爲什麼你要挖出這麼多年的事情，你明明不是這裡的人，我們已經做到讓人完全不知道了，來來去去的遊客那麼多，完全沒有人發現過異常。」

苦笑了一下，虞因其實自己也很想喊冤，基本上根本不是他想去發現，只是一拔像是拔地瓜般整串拉出來了，連他自己都滿驚訝就是了。

「大概是時間到了吧。」說著自己都不是很懂的話，虞因看著他們：「有時候，有些事情就是會在時機到的時候一次浮上來。但是我不懂，爲什麼你們的女兒會死掉？還有民宿下面那具屍體應該是戲班的第二十一個人吧……你殺了他之後在他臉上綁了面具，我後來傳了樣子去問布研社的朋友，他們說那個面具應該是以前戲台上要做大怪物而讓眞人用的東西，對吧？」

謝清海笑了起來，雖然臉在笑，卻沒有任何笑意，「當時……都是那個時候發生的。」

他的臉色突然又沉了下來，然後用一種怪異的表情看著虞因：「布袋戲的禁忌很多，但是瑜芬那時候已經懷孕了卻被從箱子上推下來，我只是氣不過隨手拿個瓶子丟他，他卻燒起來了。那瓶汽油根本不是我們放的，也不是我們的東西，但是我們也只能逃出來了。」

「那時候看見棺材，我們一度以爲戲班的人全死光了，所以什麼都沒有講，讓外面的人以爲是場意外就好，反正在外走跳的人沒什麼家庭，也不太擔心會被追究。但是我怕會有人發現蹊蹺，就和瑜芬蓋了民宿，守在這個地方……但是那個人回來了。」

「戲班主的兒子不知道為什麼沒死，手上肩上全都是燒傷，聽說他被人救起來，在另個縣市的醫院療養很久，但是沒錢繳醫療費就逃了出來，回來找戲班時就找上了我們……幸好他不知道戲班為什麼會起火。」

謝清海這樣告訴虞因，既然對方已經來投靠他們，他們也不能拒絕，這樣會顯得不近人情，所以就讓他待了下來。

當時他們女兒還小，也不知道大人發生過什麼事，就和那個班主的兒子玩得很近，兩人感情好得異常。

王瑜芬因為對戲班的人有愧，原本打算蓋好別墅之後把對方當作家裡一分子，當作補償地照顧他，所以別墅裡當然也算了他的房間一份。

「但是，有一天我們因為民宿晚上的工作提早結束，想說帶女兒一起去挑家具而去了樓上打開她房門……我們看見那個人就趴在我女兒身上……」

謝清海沒有繼續說下去，不過光看他恐怖的表情，虞因也猜得出來那是什麼事。

「我那時候只想殺掉那個傢伙，拿了把刀衝進房子裡，沒想到那傢伙推了我女兒出來……你知道要殺人其實很容易嗎？以前我因爲砸了瓶子而死了二十個人，我把刀插在女兒身上的時候，發現一個人要斷氣比喘氣還要容易，她就這樣話都沒有講，也再也不會講了。」看著自己的手，謝清海開始笑了：「就這麼簡單而已，我追上那畜生，把他殺死在別墅裡，但是把屍體弄出去的話一定會被發現，所以我把他埋在原本要給他的房間，死也不讓他躺下……我女兒也不能隨便埋，一定會被人知道……所以要放在我們每天都可以看見的地方……」

他後面的話其實已經沒有邏輯，之後又說了幾句根本都聽不清楚了。

旁邊的王瑜芬捂著臉，開始哭泣了起來。

再下來就是沒有什麼意義的雜語了。

和旁邊的警察對看了一眼，後者示意他可以先行離開。虞因站起身，還未邁開腳步時，謝清海突然叫住他。

「你知道我爲什麼會叫你來嗎？」

注意到對方的眼神已經完全不對了，虞因搖搖頭，稍微保持了一點距離，免得他又突然撲上來殺人。

「你知道太多了。」沉著聲音，謝清海幽幽說著：「很多事情放著讓它不清不楚就好，但是你已經管太多了。你挖開我們最不想被別人知道的事情，總有一天你也要爲你的多事付出代價……」

他的語氣其實非常低沉，讓虞因聽得相當不舒服，整個背脊都有點毛了。

最後那句話謝清海只有做個口形，沒有講出來，但是他看得非常清楚——

「你去死吧。」

那是純粹的惡意。

然後謝清海只是瘋狂地大笑。

在那之後，虞因偶爾想起這件事情時，也不能完全否認那時候謝清海說的全然是錯的。

在未來，他也的確爲了自己的多事而付出更重的代價。

不過，那是很久以後的事情了。

和虞因說過話之後，謝清海兩夫妻突然變得相當配合，甚至供出幫他們買香的就是當初虞因遇到的那個阿桑。

根據阿桑的指引，他們闖入了一處透天厝裡面，只是當時屋裡已經人去樓空。

警方在那裡面只找到了一把槍；那把槍後來被鑑定證實殺了一個賣藥人，非常剛好就是當時賣藥給大駱他們的那個人。

那把槍是故意留下的，還是沒收走，沒人知道，警方只能持續深入調查。

□

最後出院的一太在離院時已經是距離這件事大概一個月左右以後了。那時暑假過了一半，整個渡假區已經擠滿了人潮，失去老闆娘和老闆的民宿依舊在營業，可能是員工怕失業所以暫時還是撐了起來，但是生意已經非常慘淡。經過媒體大肆渲染，沒有多少人敢預約住宿，連之前預訂的客人也幾乎全部要求退訂，情況相當糟糕。

「我就跟阿方先回台中了，你們還要留很久嗎？」出院那天，特地又跑下來接一太的是他平常身邊的朋友。休養一個月之後，阿方早就已經恢復到最佳狀態了，氣色非常地好。

「喔，我們搭明天的火車，想要先去附近買個名產。」算了算時間，虞因打算再帶小聿到處逛逛，這次下南部幾乎都沒玩到，順便繞圈給其他人買點土產。

「回去之後聯絡一下吧。」搭著一太的肩膀，阿方說他因爲手機不見了，所以辦了新門號，把新號碼順便給了虞因，「不過這次遇到的事情還眞是怪啊……爲什麼一定要抓滿二十個呢？」

這件事情連虞因也不知道要怎麼回答他。

「我想，大概是因爲當時二十個人同時死亡，如果那時候李臨玥也一起去了的話，你們應該也都沒命了。」一太語出驚人地這樣告訴他們，隨後又說他只是開玩笑的，不用認眞，因爲他沒有抓替身的經驗也不確定到底是怎樣。

但是聽他這麼講，另外兩個人一點都笑不出來就是了。

然後他們也回去了。

據說因爲暑假漫漫，過沒多久那些大學生又開始策劃新的旅遊計畫了，打算在剩下的半個暑假裡大玩特玩。

當然，這次一太就沒跟去了。

騎著租來的小綿羊，在出門逛街之前，虞因不曉得爲什麼又慣性地去了一趟百姓公廟，說不定是在心理某個層面上想做最後的告別。

遠遠地，他看見有個人站在黑色戲台前燒著香，呆立在那兒不曉得在做什麼，香前面還有一些水果。

是季有倫。

「你們怎麼又來這裡了？」看見他們的時候，季有倫有點驚訝。

看著他的便服，虞因知道他今天應該是休假，然後就在戲台邊停下了機車，他讓小聿坐在上面，自己下車打招呼。

「我想帶我弟到處逛逛，明天就要回台中了，等等要去市區那邊買些土產。」瞄著地上拜祭的東西，他笑了下：「季大哥你怎麼會在這裡？」

「……這邊枉死的戲班滿可憐的，所以我偶爾沒事的時候會拜一下，希望他們快點投胎吧。」露出了一貫親切的笑，季有倫這樣告訴他：「你如果要找土產的話，等等我介紹幾家給你，有些店會坑外地人，要找對店家。」

「麻煩你了。」

看著季有倫低頭找筆時，某個思緒閃過他的腦海，在注意到那是什麼之後，虞因突然一下子腦袋都麻了。

他終於知道嚴司先前那些話是哪邊不對勁了。

季有倫抬起頭時，虞因正緊緊盯著他，「怎麼了？」他失笑地問著。

「季大哥你……那個時候的汽油是你帶的對吧。」那時候嚴司一直聞到汽油味，謝清海又說那個汽油瓶子不是他們的東西，還有那時其實季有倫是去找他們算帳的；甚至他現在懷疑，搞不好醫生多少察覺到大火的原因，所以才和季有倫疏遠了。

有那麼幾秒鐘，季有倫愣住了，但是很快地他就恢復了原本的笑臉，「阿因，我不懂你在說什麼，不過有時候一些事情還是不要知道太多會比較好，你懂嗎？」他頓了頓，微笑地說著，但是那笑容在虞因的眼中看起來已經很假了。「謝清海已經承認了是他對團主丟汽油瓶的，至於那是從何而來，我想大概只有戲班的人知道吧，說不定原本是用在發電機上的，因為已經全被燒毀了，無法證實什麼。」

知道這件事情永遠不會有答案了，虞因只好點點頭，帶著小聿離開了。

有時候，有些事情只能不清不楚的，知道得太清楚未必有好處。

站在黑色戲台前的員警直到送走人之後都還是掛著微笑，在香燃盡之後才轉身離開。

離開前再度看向戲台，幽暗的空間裡仍蹲著很多黑色的影子，完全無法看出來原本的樣子。在棺材被挖出還未重新入土時，他們依舊在等待下一次找到替身的機會。

虞因搖搖頭，帶著小聿離開這個地方。

遠處的空地傳來奇異的銅鑼聲響。

在所有人都離去之後，拿著布袋的矮老頭出現在百姓公廟前，一如往常地撿拾著垃圾，一邊罵著把垃圾丟滿地的其他人。

繞過了黑色土戲台之後，他挑開了層層雜草看著那個黑色的大洞，裡面蹲著個人，腦袋破了一個大洞，幽怨地望著上方。

老頭怪笑了幾聲便把草蓋回大洞上面。

他是已經只能在這邊的人，所以日復一日不斷重複著同樣的行爲。以前來這裡求明牌，現在供奉的這些東西也不讓他走了。

抓了抓身上的污垢，老頭從背後抓了隻蛆出來，然後丟到嘴巴裡嚼著，更多還在蠕動的蟲從他的衣服裡掉了下來，被他看也不看地踩死了。

哼著賭博的那首歌，百姓公廟的拾荒者緩緩地消失在廟後頭。

學生失蹤事件到了最後不了了之。

不過在暑假後半段時間裡，來這地方的年輕學生倒是變多了，除了參觀凶殺現場之外，就是到百姓公廟玩試膽大會。

他們的暑假，其實都還未結束。

之後，他們回家了。

「被圍毆的同學——土、產。」

放假沒事到別人家玩耍的某法醫手伸得很長，還一臉理所當然地告訴他：「你要記得報答我給你的照片啊。」

沒好氣地把一整袋南部特產塞到嚴司的手上，虞因用手肘推了推他，「是說相片被我二爸脅迫砍掉了，你可以再傳給我一次嗎？」

說真的，他家二爸相片還滿少的，不收可惜，如果不是先前被強迫砍掉，他肯定去找個數位相館洗出來當紀念。

回到中部之後，虞夏很快就歸隊了，連在家裡放鬆幾天都沒有，馬上跳下去查出差期間黎子泓他們遇到的那些事情，也請南部那邊將槍送過來追查已死的賣藥人。

一時間，案情仍卡在那裡。

「放心，我照了一整個系列的，起碼有七、八十張，張張清晰，幫你燒紀念光碟還是剪輯成影音光碟都沒問題啦，不要被老大知道就好了。」露出了竊笑，早就說過自己興趣是拍照的嚴司也推回去，「是說還有打算再去哪邊玩嗎？」暑假還滿長的，讓他有點哀怨。因爲社會人士根本沒有暑假這種東西，只有幸福的學生可以享受。

暑假開始案件也會跟著增加不少，是他們這種職業皮要特別繃緊的時間。

一聽到這個，虞因連忙搖頭，還去旅遊咧，他這次眞是受夠了。「不用了，我和小聿約好整個暑假要去租片子回家看，對吧！」對著沙發那邊喊著，不過正在專注於冒險片的人沒有回頭理他。

這次去南部「玩」得夠累了，他們兩個一致通過後半段暑假宅在家裡比較不會出事。而且小聿再回來之後好像也迷上了看電影，最近入迷到有時候連吃飯都會忘記，就窩在客廳看了一整晚，還被大爸唸過幾次。

「欸，來我家看嘛，我家還有超大螢幕喔，之前花了一筆錢弄了一套影音設備回來。」嚴司抱著土產侵佔了沙發，然後拆了東西當場就拿出來吃，「喔喔，阿因你眞有眼光，挑到好東西。」

「不用了，我們比較喜歡蹲在自己家。」沒好氣地應著，誰知道去他家會不會再遇到浮屍。

嚴司抱怨了幾句，也跟著專注於影片了。

虞因正想過去一起看片子的時候，門鈴聲響了起來。門後的是個黑貓宅配人員，對方送了一大箱東西過來，上面蓋著某某牧場的圖案標誌，是前幾天他和小聿一起在網路上搜尋然後下單購買的。

簽單之後，虞因看著數量，當時只想到要免運費，結果不小心買太多，這種數量依照他家人口每天當三餐吃，到過期那天也吃不完，所以撥了通電話給阿方，想要他拿一些回去，順便也送點給一太，也算是謝謝他之前幫了不少忙。

至於一太到底是什麼人物，他決定不要去追究比較好。

等他想到阿方換了新手機號碼時，舊的號碼已經開始撥號了。

「奇怪，阿方不是說停話了嗎？」一時間愣住而未切斷手機，虞因想著該不會有別人已經申請這個號碼了吧？

其實這也很有可能，就在他想掛斷才不會浪費錢時，電話突然接通了。

那一頭什麼聲音都沒有。

片刻後，手機那端傳來某種陰冷怪異的低笑聲。

虞因一聽，毫不猶豫地切斷通話，打算假裝剛剛什麼事情都沒發生過地扛起了那一箱東西，順腳把門給踢上。

「小聿——布丁送來了，要吃的話開口跟我要。」

夏天，人還是很熱血的。

《全文完》

【因與聿小劇場】

護玄 繪

弱點

所以才會樂此不疲

之後

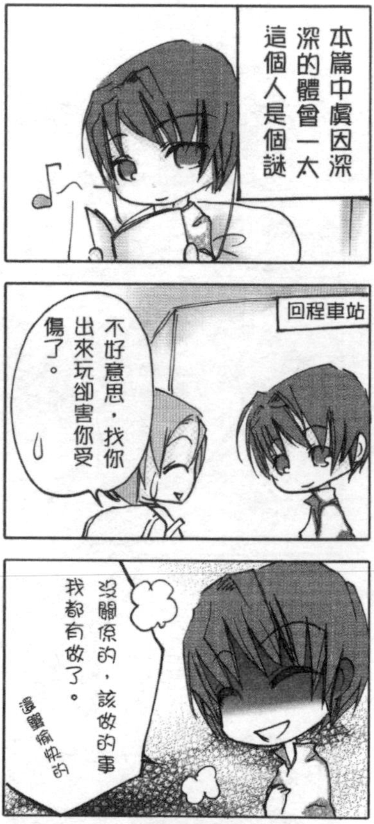
你做了什麼!?
啊，鐵路便當。
買一個回去

很想這樣問但是問不出口

腰

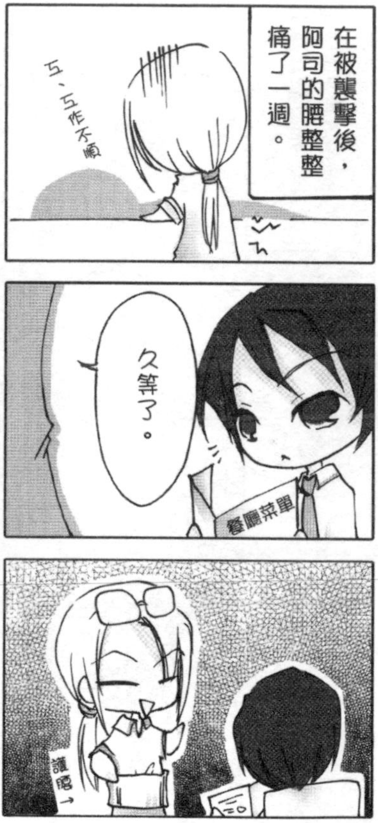
我坐錯位置了。
何必這樣!

餐廳內請勿喧嘩

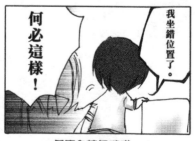

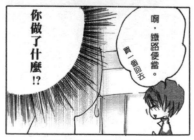

反射

女生們對於虞因的印象正在悄悄改變

國家圖書館出版品預行編目資料

不明／護玄 著.——初版.——台北市：
蓋亞文化，2009.08
面； 公分.（因與聿案簿錄：6）
ISBN 978-986-6473-31-9（平裝）

857.7 98012335

悅讀館 RE126

因與聿案簿錄 六

不明

作者／護玄
插畫／AKRU
封面設計／克里斯
出版社／蓋亞文化有限公司
地址◎ 台北市103承德路二段75巷35號1樓
電話◎（02）25585438　傳眞◎（02）25585439
部落格◎ gaeabooks.pixnet.net/blog
臉書◎ www.facebook.com/Gaeabooks
電子信箱◎ gaea@gaeabooks.com.tw
投稿信箱◎ editor@gaeabooks.com.tw
郵撥帳號◎ 19769541　戶名：蓋亞文化有限公司
法律顧問／宇達經貿法律事務所
總經銷／聯合發行股份有限公司
地址◎ 新北市新店區寶橋路235巷6弄6號2樓
電話◎（02）29178022　傳眞◎（02）29156275
港澳地區／一代匯集
地址◎ 九龍旺角塘尾道64號龍駒企業大廈10樓B&D室
電話◎（852）27838102　傳眞◎（852）23960050
初版十二刷／2022年9月
定價／新台幣 240 元
Printed in Taiwan

GAEA
ISBN／978-986-6473-31-9

Gaea

GAEA